와인이 별건가?

와인이 별건가?

초판 1쇄 펴낸날 2023년 9월 27일

지은이   오세호
기획   CASA LIBRO
편집장   한해숙
편집   신경아
디자인   최성수, 이이환
마케팅   박영준, 한지훈
홍보   정보영, 박소현
영업관리   김효순

펴낸이   조은희
펴낸곳   주식회사 한솔수북
출판등록   제2013-000276호
주소   03996 서울시 마포구 월드컵로 96 영훈빌딩 5층
전화   편집 02-2001-5822 영업 02-2001-5828
팩스   0303-3440-0108
전자우편   isoobook@eduhansol.co.kr
블로그   blog.naver.com/hsoobook
페이스북   chaekdam
인스타그램   chaekdam

ISBN 979-11-92686-84-4

큐알 코드를 찍어서
독자 참여 신청을 하시면
선물을 보내 드립니다.

 책담 다른 내일을 만드는 상상

이탈리아를 입고 먹고 마시는 남자
오세호의 쉬운 와인 이야기

와인이 별건가?

Apertura

시작하며

'골프와 와인은 많이 닮았다'라는 말이 있다.
우리나라에만 있는 이야기는 아니다. 미국과 유럽 등
와인을 많이 소비하고 골프를 즐기는 나라에서는 모두
이 말을 하고 공감한다. 골프는 한 번 빠지면 그 매력에서
빠져나오기가 힘들고 배우면 배울수록 어려우며 평소에
꾸준히 익혀야 하는데, 와인도 그렇다는 얘기다.
재미있게도 세계의 많은 유명 골퍼는 자신의 포도밭과
와인을 소유하고 있으며 골프대회를 위한 특별한 와인을
만들곤 한다. 여기에 더해 10여 년 전만 해도 한국에서는
보통 사람들, 특히 젊은이들이 쉽게 다가가지 못했다는
점에서도 골프와 와인은 분명 닮았다.
신기하게도 근래 대중적으로 특히 젊은 층에 친근하게
다가가면서 누구나 쉽게 즐기게 된 시점도 골프와 와인은
비슷하다. 예전에는 "공 좀 치나?"란 질문을 받으면
그날로 골프연습장부터 등록하고 클럽과 골프웨어를 사기

시작했다. 이런 행동은 아직 필드에 나갈 준비가 안 됐다는 대답이 됐다. 와인 역시 "와인 좀 마시나?"란 질문에 "아직 와인 잘 몰라요. 지금 공부 중입니다."란 대답을 많이 들을 수 있었다. 이는 아직 필드(와인 레스토랑이나 와인 바)에 나갈 준비가 안 됐다는 대답이었다.

요즘은 생애 첫 골프를 필드에서 대략적인 설명만 듣고도 어설프지만 자신 있게(?) 시작하는 사람들도 종종 본다. 와인 역시 책으로 공부하고 학원에 다니는 등의 준비 과정 없이 필드에 나가 접하면서 와인 매력에 빠지는 사람도 많아졌다.

좋은 현상이다. 와인을 즐겨야 할 소비자들이 처음부터 소믈리에 교육을 받을 필요는 없다. 와인을 마시다 보면 취향에 맞지 않을 수도 있지만 대부분 매력에 빠지면서 알고 싶어지는데 그때부터 와인을 더 마셔가며 탐구하면 될 일이다.

와인의 시작은 레스토랑이나 숍에서 친절하게 대신 알려 주는 사람들에게 맡겨 버리자. 머리 아픈 와인 이름 외우기, 지역, 품종, 맛 표현…… 모두 생각하지 말고 일단 즐기기만 해 보자! 단지 실수하는 게 두려워 어설프게 글로 공부한 뒤 와인을 마시는 모습만큼 어색한 게 없다. "와인, 힘 빼고 툭" 이런 레슨은 제발 받지 말자.

와인은 준비 없이 필드로 나가서 즐기는 것이다!

오세호

와인을 얘기하려면 쑥스럽고 나의 무지함에 주눅 들곤 했는데,
편안하게 풀어낸 이 책을 읽은 후 기회 되는대로 맛보기로
했다. 경험만 한 스승은 없음을 알려 준 책!
먹고 마시는 데 무슨 이론이 필요할까? 편한 마음으로 즐기는
게 최고다!

— **양희은** | 가수

난 오세호가 배우가 될 줄 알았다. 초등학교 때부터 남달랐던
아이, 이탈리아에 패션을 공부하러 갔다가 소믈리에가 돼서
돌아온 사람! 30년 가깝게 한 나라, 이탈리아를 드나들며
그곳의 맛과 멋을 파고들어 오늘에 이르렀다.
와인 1도 모르고 마시지도 않는 내가 단숨에 읽어 내려갔고,
읽는 내내 창의적 요리와 독창적 패션의 선두 주자였던
윤소정 언니를 보는 듯했다. 세상에서 제일 무섭고 정확한
유전자, 남매가 다 멋진 어른이 됐다!

— **양희경** | 배우

한국에 처음 온 나에게 자코모(오세호)는 이탈리아어를 할 줄
아는 유일한 사람이었고, 내가 한국에 적응할 수 있도록
큰 도움을 주었으며, 진정한 친구가 되어 주었다.
내가 더 잘 아는 이탈리아 와인과 음식 이야기인데도
이 책을 손에 잡자마자 시간 가는 줄 모르고 빠져들었다.
나보다 더 이탈리아 사람 같은 자코모의 책을 벗 삼아
여러분도 이탈리아 와인의 매력에 흠뻑 빠져 보기 바란다.

— **파올로 데 마리아** | 이탈리안 셰프

책을 펼치자 나의 첫 와인 경험이 떠올랐다. 마트에서 8천 원
주고 산 와인이었는데 그때만큼 와인을 맛있게 마셨던 적이
없었던 것 같다.
"와인을 공부해 볼까?"라는 주변 지인들의 질문에, 나 역시
저자처럼 굳이 그러지 않아도 된다고 말한다. 와인을 공부하면
오히려 와인에 대한 시각이 좁아지는 면이 있어서다. 공부를
시작하던 시절의 편협해진 시각과 엄격한 자세를 회상하면 '왜
그때 와인을 더 즐기지 못했을까?' 하고 후회하곤 한다. 저자
역시 오랜 와인 공부를 통해 낸 결론이 이런 맥락이지 않을까.
이 책은 내 자신을 돌아보고, 다시 한번 와인을 통해 얻을 수
있는 즐거움에 대해 생각해 보는 계기가 되어 주었다. 이 책을
통해 많은 사람이 부담을 덜고 와인과 함께 즐거운 시간을
보낼 수 있게 되길 바란다.

— **이경훈** | 소믈리에, Korea Sommelier of the Year 2021 Top 10

오세호 소믈리에를 처음 만난 곳은 보나세라였다.
와인에 대해 어설프게 알고 있던 나에게 웃으며 기본부터
가르쳐 주었고, 그런 그를 나는 '나의 와인 스승님'이라고
부른다. 그가 책을 냈다니 당연히 재미있고 와인에 대한
허영과 위선을 통쾌하게 깨 주겠지 싶었는데 기대가 적중했다.
여러분도 나처럼 이 책을 통해 와인에 가까워지려면 공부보다
더 자주 더 많이 마시는 것이 중요하다는 것을 깨우치고,
저자의 엉뚱하면서 지혜가 있는 유머로 행복하기를 바란다.
편안한 밤, 와인 한잔하면서 미소 지으며 읽을 수 있는 책이다.
In Vino Veritas!

— **한상기** | 테크프론티어 대표, 책방 책과얽힘 주인장

나는 멋지고 진지한 남자 오세호를 만나 너무도 쉽게
도전적으로 와인에 접근할 수 있었다. 거의 20여 년 전
보나세라에서의 첫 만남, 뱅가에서 12명의 프랑스 성주와의
만남, 전직 대통령과의 조우 등 셀 수 없는 만남 속에서
저자는 늘 환하게 웃으며 촌철살인으로 문외한인 나를 와인에
빠지게 만들었다. 《와인이 별건가?》는 단순히 와인에 대한
책이라기보다 저자의 인생까지 볼 수 있어서 참 좋다.

— **권혁태** | 신명마루 대표

동생은 어릴 때부터 요리와 패션에 관심이 많았다.
부모님이 별식을 만들어 주시면 나는 맛있게 먹기만 했는데
동생은 요리 과정을 궁금해했다. 내가 대학생 때 데이트를
위해 꾸미고 있으면 고등학생인 동생은 마치 연예인 코디처럼
내 화장과 옷 스타일에 참견했다. 동생 말을 들으면 정말
한결 나아졌기에 나는 외출 전에 동생에게 '점검'받는 걸
즐겼더랬다.

밀라노에서 패션 공부를 마치고 귀국했을 때 동생이
'패션은 기술이 아니라 철학'이라 했던 게 기억난다.
안 그래도 센스가 몸에 뱄던 동생은 그 철학을 가지고 정작
패션계가 아닌 외식업에 몸담았고 매뉴얼대로만 움직이는
서비스 혹은 손님을 대상화하는 일방적인 서비스가 아닌
'관계'를 중심으로 한 서비스를 고민했다.

권위적이고 가식적인 걸 싫어하는 동생은 우리나라에서
와인이 유행하기 시작했을 때부터 체면의 와인이 아닌 관계의
와인을 주장했고 드디어 책으로 자신의 철학을 보여주게 됐다.
패션이 기술이 아닌 철학이듯이 와인도 허식을 벗어나
마음을 나누는 징검다리로 쓰이길 원하는 동생의 진심이
여러분들에게도 전달되길 바란다.

— **오지혜** | 배우

PART 1

무작정, 이탈리아
: 나와 이탈리아 이야기

PART 2

무작정, 와인
: 와인, 하마터면 공부할 뻔했다

PART 3

먹고 사랑하고 노래하고 소화해라

: 와인과 이탈리아 음식 이야기

무작정, 이탈리아

: 나와 이탈리아 이야기

In vino veritas
와인에는 진실이 있다

엄마 옷 가게에서 '이탈리아 미식 여행'을 꿈꾸다

1978년 동부이촌동, 초등 1학년이었던 나는 학교가 끝나면 친구들과 놀기보다 곧장 어머니가 운영하시던 의상실 '소정 옷집'으로 달려갔다. 당시에는 구경은커녕 구하기도 힘들었던 패션 잡지 보기에 푹 빠져 있었다.

또래 아이들은 우리나라 말고 외국 하면 고작 미국, 일본을 꼽았는데, 이탈리아 패션 잡지 덕분에 나에게 외국이랄 수 있는 첫 나라는 단연코 이탈리아였다.

지금 생각해 보면 그 이탈리아 패션 잡지들은 내 인생에 가장 큰 영향을 준 것이 분명하다. 그런데 패션 잡지라고 해서 패션에 대한 것만 있는 건 아니었다. 화려한 패션

패셔니스타로 소개된 당시 패션잡지의 어머니 관련 기사와(상)
'소정 옷집'을 운영하셨던 어머니(하)

사진 못지않게 내 눈을 사로잡는 것은 와인을 곁들인 음식
사진들이었다. 잡지 이름은 생각이 안 나지만, 난생처음
보는 화려한 와인 잔과 맛이 너무 궁금한
음식 사진들은 지금도 또렷하게 생각난다.
일반인들은 해외여행을 꿈도 못 꾸던 시대였지만 난 그때
혼자 속으로 결심했다.
"반드시 이탈리아로 가서 저 사진 속 음식들을 먹어
볼 테다."
지금 고백하지만, 음식 따위 먹어 보겠다고 이탈리아로
간다는 말을 부모님께 꺼내 볼 엄두조차 내지 못했다.

결국 10여 년이 흐른 후 난 패션 디자인을 공부하고 온다는
명분으로 이탈리아 밀라노 유학길에 올랐다. 10년을 훌쩍
넘게 꿈만 꾸던 그곳에 도착한 첫날은 영화의 한 장면 같아
지금도 생생하다.
첫날부터 아무 버스나 기차를 타고 아무 곳에 내려 아무
식당이나 바에 들러 무작정 먹고 마셨다. 그러다 문득 평생
이런 호사를 누릴 수 없을 거란 생각이 들기 시작했다.
그때부터 하루도 안 빠지고 아침에 일어나면 바에 들러
코르네토Cornetto(크루아상과 비슷한 이탈리아 빵)와 카푸치노
한 잔을, 점심에는 주로 학교 바에서 샐러드와 빵 또는

밀라노 패션 학교 시절

이탈리아 마트의 와인 코너

파니노Panino(이탈리아식 샌드위치)를 먹었다. 또 여러 식당을
돌며 주로 파스타를 주문해서 먹고는 재료를 물어본 뒤
(단골집이라면 만드는 방법까지) 집에 가는 길에 식당에서 알려
준 재료 위주로 장을 봤다. 마트에서 수많은 와인이 있는
코너는 난생처음 보는 광경이었다. 직원에게 또는 나와 같이
와인 코너에서 한참을 고민하는 다른 손님에게 물어가며

주로 물보다 값이 싼 와인들을 집으로 데려오곤 했다. 당시 내 집에는 패션이 아니고 와인을 전공하는 게 아닌가 싶을 정도로 여기저기 와인이 널브러져 있었다.

물론 그 가운데 패션 학교 졸업도 하고 학위도 따고 다했다. 그런데 생각해 보면 20대의 나는 밀라노 지천에 있는 유명 패션 브랜드 매장 쇼윈도에선 그리 오래 머물지 않았지만, 와인 숍이나 마트 와인 코너 앞에선 한참을 머무르곤 했다. 이제야 말하지만 '옷보단 와인'이 좋았다. 이탈리아 전 지역과 유럽의 많은 도시들을 여행하면서 먹고 마시고 느끼고 관찰한 10년은 내게 '미식 여행'이었다.

입는 곳에서
먹고 마시는 곳으로

이탈리아 식음 문화에 물 들대로 물든 나는 한국으로
돌아오자 제대로 이탈리아 향수병에 걸리고 말았다. 아침에
카푸치노 한 잔, 오후에 에스프레소 한 잔, 그리고 하루를
마무리하는 와인 한 잔이 사무치게 그리웠다.
다행히 취업한 패션 회사에서 이탈리아 출장 기회가
잦았고, 그때마다 감질나긴 해도 참고 참았던 이탈리아를
먹고 마시고 입고 올 수 있었다. 그러던 중 더 반가운
소식이 들렸다. 당시 회사에서는 외식 사업을 추진 중이었고
자연스레 나는 0순위로 차출됐다. 레스토랑 사업 관련 일로
이탈리아에 더 자주 가게 되었다.

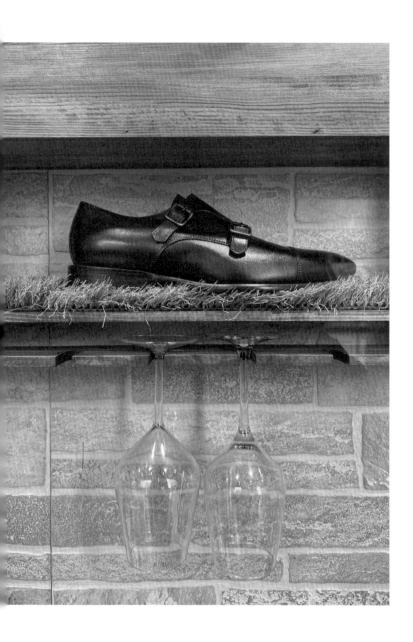

와인병을 곁들인 밀라노 부티크의 디스플레이

요즘은 인스타그램으로 이탈리아 음식과 와인을 잡지보다
더 빠르게 실시간으로 접할 수 있고, 우리나라에도
그럴싸한 이탈리아 음식점들이 늘어 맛볼 수도 있지만,
나는 여전히 부족함을 느낀다. 내가 만든 이탈리아 음식만
한 게 없어서랄까. 너무나 당연한 얘기지만 음식과 와인은
사진으로 보는 게 아니라 직접 먹고 마셔 봐야 한다. 내게는
만든 사람과 이야기해 보는 것 또한 중요하다. 음식에는
셰프의 역사가 모두 담겨 있기 때문이다. 그가 자란 고향의
맛, 지리적 특성, 타 지역에서 그가 느끼고 찾아낸 영감
등을 음식으로 또 이야기로 듣는 경험은 절대 놓칠 수 없다.

그중에서도 와인 메이커의 설명이나 그 지역 사람들의 와인 이야기를 들을 기회는 너무나 소중하다. 와인의 향을 표현한다는 것은 메이커가 직접 맡아 본 향, 즉 기억 속에 있는 향을 표현하는 것이다. 그들이 자란 환경과 기억 속에서 찾아낸 향과 맛의 표현을 듣고 나서, 먹고 공감해 보기란 정말 값진 경험이다. 와인을 책으로 공부한 사람이 '블랙커런트와 볏짚 향이 나고 얼디Earthy한……' 이런 식으로 표현하는 걸 들으면, 책 보고 외운 티가 너무 난다.

이 밖에도 와인 이름과 레이블 디자인에 대한 에피소드와 역사까지 듣고 난 뒤 다시금 시음해 보자. 와인과 설명을 곁들인 그 지역 음식을 먹어 보는 것은 경험으로만 표현하기에는 부족하다. 이런 미식 경험은 평생 잊지 못할 내 자산으로 고스란히 남았다.

한국에 돌아온 뒤 20년간 일 년에 한 번꼴로 이탈리아를 찾고 있다. 음악, 미술, 패션 관련 일을 본다는 명분으로! 어릴 적 꿈꾸던 나의 '이탈리아 미식 여행'은 지금도 진행 중이다.

나의 비밀
이탈리아 수업

신규 사업을 준비하는 과정은 예상보다 오래 걸렸다.
특별히 힘든 일은 없었지만, 당시 한국에서 그것도
사무실에 앉아서 할 수 있는 일은 너무 제한적이었다.
회사가 들여오고 싶어 한 이탈리아 외식 브랜드와 미국
커피 브랜드 모두 심사에서 떨어진 뒤부터는 분위기가 점점
안 좋아졌다. 이를 대비해서 진작부터 자체 외식 브랜드를
만들고 있었지만 어디 하나 물어볼 데도 없었다. 막연하게
이탈리안 레스토랑이라고만 해 놓고 숫자만 확인하고 호텔
등지에 매뉴얼 자료나 부탁해서 복사하는 수준의 일만 하고
있었다.

그러던 중 이탈리아 토리노에 있는 외식사업 컨설팅
회사를 소개받으면서, 내가 그리로 급히 파견가게 됐다.
동시에 수행해야 할 미션이 주어졌다. 이탈리아 파인다이닝
레스토랑에서 소믈리에 과정을, 바에서는 바리스타 과정을
연수하면서, 그 와중에 에이전트를 통해 한국으로 모셔올
이탈리안 매니저와 셰프 면접까지 봐야 했다.

내 모든 연수 과정은 개인 수업으로 진행됐는데,
운 좋게도 나는 이탈리아 최고의 파인다이닝 장인 도메니코
마르찌니에게 사사하였다. 내 유일한 스승이자 친구가
된 도메니코와는 20년 지기로 지금도 연락하며 인연을
이어오고 있다.
도메니코는 화려한 기술을 아낌없이 전수해 주었고, 음식과
와인 마리아주Mariage 위주로 와인에 대해 깊이 이해할
수 있도록 가르쳐 주었다. 그때 처음 알았다. 파인다이닝
식당에서는 처음에 소믈리에가 와인을 추천하고,
결정한 와인과 함께할 음식을 추천할 수도 있다는 것을!
도메니코는 한 번도 와인을 어렵게 설명하려 하지 않았다.
음식과 와인의 페어링은 어울리는 남녀를 연상케 하는
작업과 같아 결코 정답도 없고 틀리다 맞다로 접근해서도
안 된다는 것을 도메니코가 알려 줬다. 단지, 이상적인

나의 유일한 스승 도메니코 마르찌니와 함께
속칭 불 쇼라고 하는 '플람베Flambe'를 선보이고 있다.

페어링을 위해서 음식도 와인도 평생 먹어 보고 음미해
보고 기억하는 훈련을 게을리하지 않는다면 좋은 경험을
파는 멋진 직업을 가질 수 있다는 것도 알려 주었다.

"디저트 와인은 너무 달아서 싫고, 드라이한 와인은
부담스러워요. 왜 달콤한데 달지 않고⋯⋯."
당시 이렇게 세상 애매하게 와인을 주문하는 손님이 많아서
고민스러웠다. 도메니코는 이런 손님들에게 (당시 리스트에
있던) 아브루쪼Abruzzo 지역의 로제 와인을 권해 보라고
했다. 로제 와인 하면 대부분의 사람은 편견을 갖고 있다.
아름다운 석류 빛의 투명한 핑크색이라 여성들을 위한
와인이라든가, 달콤한 와인이라는 이미지 말이다. 실제로
남성들만 있는 테이블에 로제 와인을 권했다가 "우리가
게이로 보이나?" 하는 웃기지도 않은 농담을 들은 적도
있다. 용기 내어 손님에게 바로 그 로제 와인을 추천했다.
로제 와인은 아름다운 색과는 달리 드라이 와인이다.
첫 향에서 산딸기의 달콤한 향이 나지만 뒤따라 강렬하게
미네랄 향이 밀려오는 드라이한 와인이라 확실히 '달콤한
드라이 와인'임을 느낄 수 있을 거라고 설명했다.
이 와인과 어울리는 음식으로 매콤한 토마토소스의
파스타와 그릴에 구운 흰 살코기인 닭요리를 권했다. 손님도

밀라노 출장에서 10년 만에 다시 만난 도메니코. 토리노에 살고 있는 내 스승은
연락받고는 직접 운전해서 한걸음에 내가 묵고 있는 숙소로 달려와 주었다.

매우 흡족해했다. 이후부터 그 손님은 나를 믿고 메뉴 추천
등 모든 것을 맡겼다. 이제 고백하지만, 음식들과 수많은
와인들을 이렇게 저렇게 페어링해서 매일 같이 경험해
보고 느낀 점을 이야기하고 적용해 볼 수 있는 실험 대상⑦
손님들이 매일 찾아오는 덕분에 엄청난 경험을 쌓을 수
있다는 것 또한 도메니코가 귀띔해 주었다.

하나 더, 와인 페어링은 음식과 와인의 캐릭터를 섞는
것이 아닌 조화롭게 하는 것이다. 페어링할 때 기본 원칙은

풍미를 보완하는 것이다. 유사한 부분을 찾아내어 특정
향과 맛을 더욱 극적으로 보여주거나, 소위 단짠단짠을
위해서 짠 음식에는 스위트한 와인을, 매콤한 음식에는
부드럽게 다스려 줄 달콤한 향의 와인을 페어링하는 식이다.
와인 마리아주는 와인과의 결혼 혹은 궁합이다. 성격이
같아서 어울리는 남녀, 성격이 달라서 서로 부족한 부분을
채워 주는 남녀, 둘 다 와인 마리아주에선 가능하다.
와인 마리아주 제안은 실제로 와인 판매량에 커다란
영향을 미친다. 그러기 위해서는 충분한 경험으로 좋은
제안을 해야 한다. 소믈리에는 경험을 팔고 소비자는
그 경험을 소비한다. 단언컨대 도메니코는 지금까지 내가
가진 와인과 음식에 관한 생각과 대 고객 서비스에 관한
생각 등 오늘날 나를 있게 한 최고의 스승님이시다.

BuonaSera

우여곡절 끝에 이탈리안 셰프와 이탈리안 스태프들이
일하는 강남 최대의 이탈리안 레스토랑 '보나세라'는
유명세를 치르면서 승승장구하고 있었다. 도메니코와는
일 년에 한 번은 내가, 한번은 도메니코가 이탈리아와
한국에 오가며 개인 수업을 이어갔다.

여전히 많은 사람에게 와인은 어색했다. 스마트폰 앱으로
와인을 검색하는 것은 상상하지도 못했고 (상상은 해 본 것
같기도 하고…….) 인터넷으로 정보를 접하거나 책이나 학교에서
배우기도 힘들 시기에 한국에선 그 누구도 구경조차

이탈리안 레스토랑 '보나세라'를 운영하며 와인을 소개한 잡지 기사

못 해본 화려한 기술(?)과 와인 서비스를 고객들에게
직접 보여주고 싶어서 참을 수 없었다. 하지만 실전은
그리 신나지만은 않았던 것으로 기억한다.

"와인 테이스팅 해드리겠습니다"

멋지게 와인을 따고 내 와인 잔에 와인을 조금 따른 후
잔에 코를 넣고 좌우로 돌려 가며……

"아니! 자네 지금 손님 와인을 먼저 마시면 어쩌자는 건가?"
그땐 이런 말을 수없이 들었다.

"어른에게 한 손으로 술을 따르면 안 되네."

"테이스팅은 회장님께 먼저 권해 드리게."

…….

불과 20년 전만 해도 손님 셋 중 하나는 이런 식이었던
시절이었다.

"이탈리아에서 그러는지 모르겠지만 여긴 한국이니 한국의
주도를 알아야 한다." 등의 훈계는 듣고 싶지 않았다.
그럴수록 나는 도메니코에게 배운 모든 화려한 기술을
오버하며 선보였다. 그러던 중 나만의 해결책을 찾아냈다.
주방에 사인을 주면 이탈리안 셰프가 나와서 손님에게
인사하는 것이었다. 손님은 뭔가 나에게 혼을 내고 싶다가도
이탈리안 셰프가 나오면 다들 아무 소리를 못 했다.
나는 이탈리안 셰프를 마음껏 활용(?)하기로 했다.
손님들에게 서비스할 때뿐 아니라 회사에 제안할 때,
직원들을 교육할 때도 이탈리안 셰프를 앞세워 결국 내가
하고 싶은 대로 모든 걸 해 낼 수 있는 방법을 찾은 것이다.

소믈리에, 바리스타란 말들이 생소했던 무렵, '갑자기'란
표현에 딱 맞게 2002년 한일월드컵을 앞두고 와인 시장이
급성장하기 시작했다. 어제까지만 해도 적포도주, 백포도주
정도로 와인을 구분하던 사람들이 월드컵 이후 어려운
와인 이름을 외우고 공부하는 '갑자기 와인 시대'가 열린

것이다.

품종 몇 개만 설명하면 와인 전문가가 되고 새로운 커피 메뉴 몇 개만 선보여도 커피 전문가가 되던 시절이다.

덕분에 당시 매스컴에서 나를 소믈리에 1세대, 바리스타 1세대 타이틀로 과대 포장하며 띄워 주기도 했다.

Paolo De Maria

당시 이탈리안 셰프가 오픈 주방에서 왔다 갔다 하는
모습만 봐도 손님들은 신기해할 때였다. 셰프와 매니저 등
처음엔 3명의 이탈리안이 합류했다. 이후 계약이 끝나고 두
번째 셰프가 2년 계약을 맺고 새로 왔다. 그 셰프는 계약
기간 종료 후 20년 넘게 지금도 한국에서 한국 여성과
결혼해서 잘살고 있는 파올로다. 지금은 연희동에서 요리
학교를 운영하고, 레스토랑에서 오너 셰프로도 일하고 있다.

레스토랑 보나세라에서 파올로가 보여주고 싶어 하는
요리와 서비스는 모두 나를 통해서 손님들에게 선보였다.

내가 하고 싶은 것들 역시 파올로를 앞세워 아무 문제 없이 해냈다. 정말 많은 에피소드가 있다. 그중에서 가장 기억에 남고 아직도 만나면 매번 단골 레퍼토리로 등장하는 이야기가 있다. 드라마 '파스타'에서도 에피소드로 소개된 바 있는 '내 주방엔 피클은 없다!'이다.

미국식 이탈리안 음식이 익숙한 한국에선 아직도 스파게티와 피클. 피자와 피클은 국룰이다. 달고 시고 강한 맛의 피클이 느끼함을 없애 준다고는 하는데, 바로 그 부분 때문에라도 보나세라에서는 손님에게 피클을 제공하지 않았다. 입안에 음식은 아직 음미 중이어야 하고 곧 와인이 들어와 함께 어떤 조화를 이루는지를 알게 되는 매 순간 피클의 강한 맛이 맥을 끊어 버리기 때문이다.

스파게티를 먹는데 피클을 안 주다니! 거의 매일 받는 컴플레인에 직원들도 아주 힘들었다고 한다. 물론 그때마다 파올로는 홀로 나와 손님에게 친절하게 설명했다. 함께 와인도 마시면서 와인과 음식의 마리아주에 대해 이야기했다. 다른 테이블들도 부러워하며 파올로와 같이 이야기하기를 원했다. 그때마다 우리 둘은 하고 싶은 서비스를 다 보여줬다.

또 하나는 어떻게 이탈리안 레스토랑에 피자가 없냐는

보나세라에서 일하던 파올로와 나

컴플레인이다. 피자는 피체리아Pizzeria에 있는 것이고,
여긴 리스토란테Ristorante 아니던가?! 이 역시 파올로가
설명하면 아무 문제 없이 지나가던 일 중 하나였다.
'이제는 말할 수 있다' 식 여담이지만 파올로는 피자를
만들 줄 몰랐다. 아니 만들어 본 적이 없었다. 음식점마다
격이 다르듯이 신선로와 갈비찜, 구절판 같은 한식 요리를
하는 식당에 가서 쫄면과 김밥은 왜 없냐고 따지는 것과
마찬가지다.

하지만 "이탈리아 식당에 피자가 왜 없느냐?!"란 질문은
파올로가 20년간 한국에서 식당을 하면서 지금까지도
매일 하루에 한 번 이상은 듣는 말이라고 한다. 10년
전인가 파올로는 휴가를 핑계 삼아 고향 이탈리아로 가서
피자를 배우고 왔다는 건 더 이상 비밀이 아니다. 한국으로
돌아와 한동안 제법 맛있는 이탈리안 피자를 선보이기도
했다. 지금은 다시 고집대로 피클과 피자가 없는 식당을 잘
운영하고 있다.

Pane fa panza, vino fa danza

빵은 배를 만들고, 와인은 춤추게 만든다

PART 2

무작정, 와인

: 와인, 하마터면 공부할 뻔했다

**Per far un amico basta un bicchier di vino,
per conservarlo è poca una botte**

친구를 사귈 때는 와인 한 잔이면 충분하고,
유지하려면 와인 한 병으로도 부족하다

와인을
글로 배운다?

어느 때부터인지 와인을 마실 때 잔을 빙글빙글 돌리는
사람이 꽤 많아졌다. 여기저기, 너도나도, 모든 테이블이
이러고 있으면 전체를 보고 있는 나는 어수선하고 한참
동안 보고 있자면 어지럽기까지 했다.

잔을 이렇게 빙글빙글 돌리는 데에는 분명한 이유가 있다고
어디서 배운 듯하다. 그렇다, 와인을 배워서(?) 마시는
사람들에게서 흔히 볼 수 있는 행동이다. 잔을 돌리면
와인이 공기와 접촉하여 더 풍부하고 원숙한 맛이 난다고
배운 것이다. 뭔가 화학 시간 같다. 이들은 와인글라스를
잡을 때도 잔의 볼을 잡으면 손 온도가 전달되어 와인의

온도가 쉽게 오르기 때문에 스템(긴 손잡이 부분) 부위를 잡고 목을 잔뜩 뒤로 저치며 우아하게 마신다.

공기 접촉, 산화, 열전도…… 이게 다 뭐란 말인가! 맞다 틀리다로만 접근하면 분명 모두 맞는 말이지만, 식사 자리에서 그것도 에티켓과 매너를 지켜가며 식사하는 자리 아닌가. 너무들 잔을 끝없이 돌리고, 코로 소리 내어 향을 들이켜고, 그것도 모자라 호로록 소리를 내며 와인을 감정한다.

프랑스, 이탈리아, 스페인 등 와인의 본고장이라 할 수 있는 나라에서는 잔을 돌리는 모습을 보기 어렵다. 고급 식당일수록 거의 없다고 본다. 와인을 분석하는 듯한 화학 시간보단 와인을 즐기는 것이 매너이기 때문이다.

와인 잔 속의 와인을 흔들어 즉, 스월링Swirling을 통해 공기와의 접촉을 극대화하여 와인의 부케를 깨우는 이 행동은 물론 본인이 마시는 와인의 좋은 향을 계속 맡기 위해서 하는 행동이니 해도 무방하다. 하지만 너무 자주 하거나 쉬지 않고 계속한다면 일종의 소믈리에에게 보내는 컴플레인 혹은 신호로 오해를 살 수 있다. 이럴 땐 향이 닫혀서 쉽사리 열리지 않는 와인이니, 디캔팅을 해 달라 요청하면 된다. 와인은 와인병을 따는 순간부터 브리딩(숨

두 사진 중 자연스러워 보이는 것은?

쉬다)을 통해서 와인의 향과 맛이 열린다. 이때 시간을 당기면서 좀 더 적극적으로 브리딩하는 방법의 하나가 디캔팅이다. 소믈리에의 경험으로 손님에게 설명을 해드린 후 처음부터 디캔팅을 해서 서비스할 수도 있다.

한 가지 더 주의할 점은 와인이 담긴 와인 잔을 손의 스냅으로 제자리에서 와인이 밖으로 넘치지 않게 흔드는 행동은 한두 번의 연습으로는 하기 힘들다. 이런 걸 연습한다는 게 우스울 수도 있겠지만 테이블에서 상대에게 불안한 모습을 보이면서까지 할 바엔 하지 않는 것이 제일 좋고, 꼭 해야만 한다면 연습 좀 해 두는 게 좋겠다.

와인을 입에 한 모금 머금고 공기와의 접촉을 위해 입안에서 호로로록~ 하는 행위는 절대 하지 말 것! 식사 자리에서 이 행동은 상식적으로 말이 안 된다. 간혹 몇몇 해외 영화에서 이런 장면을 본 기억이 있다. 대부분 설정상 '와인을 전문적으로 아는 사람' 내지는 '와인을 아는 척하고 싶어 하는 인물' 등으로 묘사할 때 자주 등장하는 장면이다. 상대 역도 상황에 따라 어이없어하거나 긴장하며 바라보는 장면이다. 이런 자연스럽지 못한 행동은 괜히 와인 좀 아는 척하려다 망신당하기 딱 좋다.

와인 공부하지 말고
마시자!

최고가의 와인들을 제외하고는 한동안 와인 시장을
크게 성장시킨 일명 데일리 와인들 즉, 마트나 이제는
편의점에서도 볼 수 있는 와인 소비는 크게 줄고 있다.
세계적인 추세이기도 하다. 와인이 타 주종에 비해
진입장벽이 높다 보니 한두 번 시도하다가 주류회사에서
만든 더욱 대중적인 알코올음료로 주종을 옮겨가는 게
대부분이다.
진입장벽의 원인은 바로 와인을 공부해야 한다는 분위기
조성에 있다. 와인 공부를 시작하는 사람 대부분이 와인
마시기보다 와인병 따기, 와인 잔 잡는 법, 와인 마시는

법 A-Z 완벽 정리 뭐 이런 식으로 시작하는 것을 아직도
주변에서 흔히 볼 수 있다. 그럴 땐 난 이렇게 말해준다.
"와~, 소믈리에 준비하는구나!"

무엇보다 병 따는 방법에서부터 의문이 든다.
"초보자는 날개 와인 오프너를 사용하고 프로페셔널한
단계에 이르러서는 소믈리에 나이프를 사용해 보세요."라고
친절하게 단계별 따는 방법을 동영상으로까지 보여주며
알려 준다. 소믈리에 나이프 또는 웨이터 나이프라고
불리는 와인 오프너는 말 그대로 웨이터 또는 소믈리에처럼
프로페셔널한 사람들이 쓰는 도구이다.
식당에선 노력과 훈련을 거친 그들이 손님들을 위해서 와인
설명과 더불어 능숙하게 와인을 따 줄 것이다. 집이나 개인
모임 장소에선 날개 와인 오프너나 최근 유행하는 전동
와인 오프너와 같은 안정적이고 앉은 자리에서도 손쉽게 딸
수 있는 도구를 사용하는 것이 자연스럽다.
맛있는 와인 좀 마셔보겠다는데 처음부터 초보, 중급,
프로페셔널 단계로 나누는 건 정말 말도 안 된다고
생각한다.

15년 전인가 모 신문에 연재했던 와인 칼럼이 있다. 그중

하나를 지금 봐도 무리가 없는 글이라 생각돼서 쑥스럽지만 소환해 본다.

제목은 '와인 매너의 시작'

"유독 와인에는 매너라는 이름의 지켜야 하는 리스트가 끝이 없다.

와인글라스 잡는 법, 와인병 따는 방법, 와인 따르는 방법, 거기다 눈으로 투명도를 보고, 코로 깊은 향을 맡고, 입 안에서 맛을 체크하라는 필요 이상의 친절한 가이드까지……."

가끔은 그냥 관두고 소주를 한 잔 마시는 것이 속 편하겠다는 생각도 하게 된다.

그러나 와인이 우리에겐 생소한 술이고 그렇기에 와인의 맛을 제대로 즐기기 위해 필요한 절차라고 생각하고 스트레스 없이 넘어갔으면 하는 바람도 있다. 편안한 마음이지만 또한 멋지게 와인을 마실 방법을 알려 주고 싶다.

소믈리에로 일하면서 참으로 많은 유형의 손님들을 접하곤 한다.

간신히 외운 와인이 리스트에 없으면 알고 있는 와인이 없다고 따진다거나, 소믈리에가 추천하는 와인이 마음에 안 든다고 교환을 원하는 경우를 종종 볼 수 있다. 대개 와인을 자기

이탈리아 최초 여성 소믈리에가 운영하는 레스토랑 ca del Re의 와인 서브(우)

과시용으로 이용하는 사람에게서 많이 볼 수 있는 모습이다.
와인이라는 것이 워낙 그 종류가 많은 데다 레스토랑마다
그들만의 콘셉트를 가지고 와인 리스트를 작성하고 있기
때문에 모든 와인을 구비하는 것은 불가능하다고 할 수 있다.

그럼 어떻게 와인을 주문하는 것이 좋을까?
막연하게 "좋은 와인 하나 추천해 주세요."라고 하면 난감한
상황이 생기니

"저는 이런저런 와인이 맛이 괜찮았어요."

"가격은 이 정도 선이 좋겠어요." 하면서 소믈리에에게 도움을 청하는 것이 가장 세련되고 합리적인 와인 주문 방법이라 할 수 있다. 마음에 안 드는 와인을 추천받았을 때, 상한 와인이나 원하는 와인 설명에도 불구하고 그 와인이 향이나 맛이 크게 벗어나지 않았을 때 빼고는 와인 교환을 무리하게 요구하는 것도 역시 실례가 된다. 따라서 새로운 와인을 받아들일 마음에 준비가 되어 있다면 소믈리에에게 추천받을 때 자신이 어떤 와인을 좋아한다고 기호를 잘 이야기하고 소믈리에의 와인 설명에 귀 기울이고 설렘으로 와인을 접하게 된다. 운이 좋으면 예상치 못한 즐거운 경험을 할 수도 있을 것이다.

와인 매너의 시작은 의외로 매우 쉬우며 간단하다.

소믈리에에게 음식과 어울리는 와인 추천을 받고 테이스팅 역시 소믈리에에게 부탁할 수 있고(보관 상태가 나쁜 와인에서 나는 불쾌한 냄새와 맛을 보고 나서 식욕을 잃으면 안 되기 때문에) 그다음 음식과 와인을 음미하면서 분위기를 즐겨보자.

우리가 레스토랑에서 비싸게 사 마시는 와인에는 이 모든 서비스가 포함되어 있다는 사실! 당당하게 서비스를 잘 받는 것, 어쩌면 이것이 와인 매너의 시작이 아닐까 생각해 본다.

와인이 뭐라고

'나도 와인을 즐기고 싶다!' 하는 사람들의 답답한 심정을 이해 못 하는 바는 아니다. 이런 사람들에게 "그냥 즐겨라!"라고 하는 건 도움이 안 된다. 아니, 이렇게 말하는 사람이 얄밉기까지 할 게다. 마치 골프에서 공이 안 맞는데 옆에서 알려 준답시고 "그냥 힘 빼고 툭……." 이러면 진짜 얄밉다.

와인을 마셔 보지는 못했지만, 모임에서 와인을 모르면 안 될 거 같은 분위기를 한두 번 경험해 본 사람들의 하소연과 궁금증은 대략 다음과 같다.

"그냥 마시는 거 말고, 와인 맛을 알고 마시고 싶어요!"

"와인 마시는 사람들을 보면, 무슨 맛인지 정말 알고 마시는 건지 궁금해요."

"와인은 프랑스 와인이 제일 맛있는 건가요?"

"화이트 와인과 레드 와인 중 어떤 게 더 맛있는 건가요?"

"와인을 익힌다고 하던가, 아니 숙성! 숙성시키면 맛있어지는 건가요?"

"와인을 오래 숙성시킬수록 맛있어지나요?"

"비싼 와인이 맛도 더 좋나요?"

"와인은 치즈와 먹어야 하나요?"

이러한 단계(?)에 있는 사람들에게 계속 '힘 빼고 툭' 식으로 성의 없이 알려 주면, 결국 책으로 공부하기에 십상이다.

하마터면 와인 공부할 뻔한 와인 입문자들에게 이런 질문들을 받을 때마다 내 대답은 하나다.

"마트에서 할인하는 와인을 랜덤으로 구매해서 마셔 본 뒤 다시 질문해 주세요!"

와인 테이스팅의
오해 1

우선, 와인 교과서(?)에서 알려 주는 와인 테이스팅에 관한
한 부분을 발췌해서 그대로 옮겨본다.

> 와인을 주문하면 소믈리에가 선택한 와인을 보여주고 와인을
> 딴 후 코르크를 보여준다. 이때 가볍게 코르크의 냄새를
> 한번 맡아보고, 만약 코르크에서 좋지 않은 냄새가 난다면
> 소믈리에에게 전달해 적절한 조치를 취하게 한다.

다시 말하지만 이런 작은 부분 하나하나가 와인의
진입장벽을 높인다.

코르크의 좋지 않은 냄새라…… 그럼, 코르크의 좋은
냄새는?

소믈리에가 코르크를 확인하고 나서 손님(보통 와인을 주문한
사람)에게 코르크를 건네는 행동은 보관상에 이상이 없다는
제스처다. 보통 심하게 말라 있거나 맨 위 끝까지 젖어 있는
코르크 또는 조각이 보이는 코르크는 보관에 이미 문제가
있다고 볼 수 있다. 소믈리에가 테이스팅했을 때 역시나
상태가 좋지 않으면 골판지 냄새와 비슷하지만 축축한
흙이나 곰팡이 등 다소 강한 매캐한 냄새를 풍기는데
이 냄새는 과일, 꽃 등 다른 모든 냄새를 덮어버린다.
이럴 땐 손님께 말씀드리고 다른 와인으로 교환해 준다.

바로 이 부분을 손님에게 떠넘길 수는 없기에 코르크
확인과 테이스팅은 소믈리에 몫이다. 소믈리에가 코르크를
확인하고 손님에게 보여드렸다면 이미 이상이 없다는
것이므로, 확인을 마친 코르크를 손님이 다시 코로
가져가 킁킁 냄새를 맡는 것은 의아하게 비칠 수 있다는
점 주의하자. 코르크에서 나는 와인 향을 맡으려고 한
행동이라 해도 잠시 후 와인 잔에 담길 와인 향을 두고
굳이 코르크로 맡는 건 정말이지 이상한 행동이다.
그런데도 종종 꽤 많은 손님이 그 일을 하고야 만다.

코르크 냄새를 맡아 곰팡내가 나는지 등을 확인하는 과정은 소믈리에 혹은
선수(?)들이 도맡아 다른 손님 일행들에게 와인 보관상 문제가 없다는 것을 알려
주는 과정이다. 의식과도 같은 테이스팅 과정에 코르크 향 맡기가 꼭 들어가 있긴
하지만, 와인 향을 대신해서 맡는 행위는 아니라는 것만 기억하자.

그러고는 "음~ 향이 너무 좋은데요!" 하면 당황스럽기
짝이 없다. 드라마 〈부부의 세계〉에도 저녁 만찬
자리에서 호스트가 와인을 멋지게 오픈하면서 코르크에
묻어 있는 와인을 코로 힘껏 들이마시면서 "와~ 향이
우아하네요!"라고 하는 장면이 나온다.
간혹 드라마 작가나 스태프들에게서 자문해 달라는 요청이
온다. 간단하면 전화로 알려 주고, 복잡하면 돈을 받고
직접 현장에서 도움을 줄 수도 있다고 답하는데, 아직

복잡하게 물어보는 이는 없었다. 자문을 한 번 한 뒤부터는 드라마에서 이탈리아 음식을 먹거나 와인을 마시는 장면이 나오면 유독 집중해서 보게 된다. 배우들의 행동뿐 아니라 대사에도 부자연스러움은 없는지 모니터링하는 습관마저 생겼다. (아무도 안 시켰는데……)

다시 한번 말하지만, 식사 자리에서 코르크 냄새를 맡는 행동은 하지 않는 게 좋다. 단, 소믈리에는 코르크의 상태를 자세히 확인하는 데 필요한 경우에만 손님을 대신해서 할 수 있다. 또는 와인 전문가가 보관 상태를 확인하기 위해서 다시 한번 코르크 냄새를 맡아볼 수 있는데 이때 코르크의 양쪽 끝이 아닌 긴 부분을 코에 바짝 대고 맡는 경우는 있다.

코르크 상태가 약간 의심이 가는 상태에서 손님에게 먼저 "테이스팅해 주시겠어요?"라고 하는 소믈리에는 아직 경험이 부족하거나 교육이 안 되어 있다고 볼 수 있다. 와인 테이스팅을 여성이나 가장 나이 많은 윗사람에게 권하는 손님 일행도 큰 실수를 하는 것이다. 먼저 권하는 게 예의는 맞지만, 이 모든 것이 테이스팅 단계가 끝난 후에 이뤄져야 하기 때문이다. 그래서 소믈리에 다음으로 와인을 주문한 사람 또는 일행 중 가급적 더 젊은 남성이 하는 것이

자연스럽다. 이때 (앞에서도 언급했지만) 천박하게 호로로록~
소리를 내며 입 안에서 양치하듯 이리저리 돌리는 행위는
하지 않았으면 좋겠다.

식사 자리와 와인 감별 자리는 구분해야 한다! 향과
맛을 보고 난 후 소믈리에와 긍정의 신호만 주고받으며
일행들에게 안심과 설렘을 주는 절차 정도를 해낸다면 매우
멋질 것이다!

대부분 책이 분명 '와인 초보자를 위한'이라고 하고는 죄다
와인 전문가나 소믈리에가 하는 절차를 알려 준다. 와인이
우리에게서 항상 저 멀리 높은 곳에 있게 만드는 원인 중
하나이다.

와인 테이스팅의
오해 2

"와인 맛없으면 바꿔주나요?"

"계속 맛없다며 바꿔 달라고 하면 어떻게 하실 건가요?"

곧 만나볼 와인에 대한 설렘으로 가득한 테이스팅부터

음식과 함께하는 와인 마리아주까지 행복하고 멋진

시간임이 틀림없지만, 우리는 때로 기대에 못 미치는 실망과

후회를 경험하기도 한다. 그래서 참 많이들 궁금해한다.

결론부터 말하자면 안.바.꿔.준.다.!

진상 손님에게 시달리다 못한 소믈리에가 어쩔 수 없이

바꿔주는 경우는 있을 수 있지만, 음식점에서 음식이

맛없다거나 마음에 들지 않는다고 해서 음식을 계속 바꿔

와이너리 지하 와인 저장고에는 그 와이너리의 역사를 말해주는
첫 빈티지 와인부터 최근까지 줄곧 빈티지 와인이 보관되어 있다.
이 와인들은 출고용이 아닌 기념 와인들이다.

달라고는 할 수 없는 것과 마찬가지다. 고기 무한 리필
식당처럼 오죽하면 '와인이 마음에 들지 않으면 무조건
바꿔드립니다!'라고 마케팅하는 곳도 있을까 싶다.
와인 보관 상태가 잘못된 경우를 제외하고는 그냥
'맛없다'라는 이유로는 와인을 바꿔줄 수 없다. 이런 행동은
매너를 운운하기 전에, 어쩌면 와인의 매력을 평생 못
느끼게 될 안타까운 자세다.

일부 대량으로 생산하는 저렴한 와인들은 빈티지가 무색할 정도로, 매년 강수량을 인위적으로 조절하는 관개수로 등의 방법으로 포도를 재배하고 생산 과정에서는 산화 방지를 위해 허락된 최고치의 아황산염을 넣어 항상 일률적으로 실패 없는 안전한(?) 와인을 만들어 낸다. 그렇게 본다면 와인 설렘의 최고봉은 내추럴 와인이 아닌가 싶다. 이건 뭐 마셔보기 전까진 짐작조차 하기 힘들고 아슬아슬하기까지 한 와인이다. 크게 실망하든지 아니면 다시없을 최고의 와인으로 감동하든지!

빈티지 즉, 언제 수확해서 병입했는지 그리고 그 와인을 언제 마시는지는 이미 세상에 나와서 유한으로 존재하고 있으므로 그 자체로도 가치가 높다.
'오늘 마시는 이 와인은 어쩌면 다시는 마셔볼 수 없는 와인이 될지도 모른다.'
매번 모든 와인이 완벽할 수도 완벽해서도 안 된다. 그러면 설렘도 없고 매력도 없기 때문이다.

콜키지 프리

콜키지Corkage란, 간단히 말해 레스토랑이나 호텔에서
손님이 다른 곳에서 산 와인을 가져와 마실 때, 코르크를
따주고 와인 잔 등을 제공해 주는 대가로 받는 돈이다.
그래서 간혹 글라스 차지라 하는 곳도 있다. 그러니 콜키지
프리Corkage Free라고 한다면 와인을 가져와도 돈을 받지
않겠다는 뜻이다.

20여 년간 와인에 대한 소비, 인식, 식당 콘셉트 등 많은
변화가 있었지만 변하지 않는 한 가지는, 식당에 아무런
알림 없이 와인을 들고 가는 것은 예나 지금이나 매너가

없는 비상식적이고 무식한 행동이라는 것이다.

순간 예전에 와인 바에서 일할 때 손님들과 매일 같이 콜키지에 대해서 신경전을 벌인 일들이 생각나서 좀 심하게 말한 것 같다.

솔직히 포장마차에 소주를 가져가거나 호프집에 맥주를 가져가진 않지 않는가? 그래서 역으로 콜키지 프리는 좋은 홍보 수단으로 쓰일 수 있다. 원칙적으로 안 되는 일을 되게 해준다니 말이다! 최근 우리나라에는 보통 5천 원하는 소주를 '2천 원 주고 소주 사 오세요'라고 하는 삼겹살집도 있다고 들었다. 뭐 나름 나쁘지 않은 홍보 전략인 듯하다. 아니, 매우 귀여운 홍보 맞다.

와인을 파는 식당들의 분위기나 정책을 사전에 꼭 살필 필요가 있다. 내 돈 주고 가는 식당인데 그런 거까지 사전에 일일이 알아봐야 하나……라고 한다면 크게 잘못 생각하고 있다! 시대가 시대인 만큼 서비스를 받을 자격이 없는 사람이다. 좋은 서비스는 손님의 좋은 매너 없이 받을 수 없다! 식당에서 와인을 가져와도 무방하다는 뜻인 Bring Your Own Bottle 줄여서 BYOB라는 문구는 콜키지 프리와 같은

의미로 쓰인다. 그래도 몇 병까지 가능한지, 글라스는
어떻게 제공되는지 등을 꼭 사전에 알아봐야 한다.

정말 희귀한 와인, 개인적으로 의미 있는 빈티지 와인,
또는 해당 식당에 없는 고가의 와인이라 식사 자리에 꼭
필요해서 가져가야 하는 경우에는 식당 와인 리스트에
있는 와인 한 병 정도 시키는 건 매너다. 그러고 나서
차지Charge를 안 받거나, 아니면 글라스당 차지를 받거나,
테이블당 받는 등 그 식당이 정해 놓은 룰에 따라야만 한다.
너무 당연한 이야기를 계속하는 이유는 최근에도 "어?
이 집 콜키지 받네? 아직 정신 못 차렸구나……." "배가
부른가?"라고 하는 무지함이 하늘을 찌르는 사람을 많이
봤기 때문이다.
좋은 와인 레스토랑에선 셰프의 음식, 소믈리에의 와인
리스트 이 모든 것이 그 식당이 손님들에게 말하고자 하는
그 집의 스토리이자 소통 방식임을 알아주길 바란다.

좋은 와인 레스토랑에 이탈리아에서도 구하기 힘든
이탈리아 피에몬테 와인 안젤로 가야의 랑게 바르바레스코
소리 산 로렌죠 1971Langhe-Barbaresco Sori San Lorenzo 1971을
가져간다. (1971년은 소리 산 로렌죠의 첫 빈티지이다.)

안젤로 가야의 *Sori San Lorenzo 1971*, 처음에는 랑게 지역명을 쓰다 나중에 바르바레스코 지역명을 쓰고 있다.

사전에 와인 정보와 함께 디캔터와 글라스 제공에 관해서 소믈리에와 상의하고, 필요시 미리 식당에 가져다 놓아 와인을 오픈해 놓거나 적정 온도에 맞춰 놓을 수 있게 한다. 손님 일행도 식당 직원들도 모두 궁금해한다. "아직 향이 살아있을까?" "50년이 넘은 바르바레스코Barbaresco 와인색은 어떨까?"

우선 식당 와인 리스트에 있는 샴페인 한 병을 주문해서 가벼운 코스로 시작하지만, 디캔팅 한 와인에 자꾸만 눈이 간다.

드디어 테이스팅을 하고 모두와 와인을 마시는 순간!

각자들 한마디씩 거든다.

"역시! 아직 살아있을 거라 믿고 있었어!"

"이렇게 아름다운 와인 색은 처음 봐요!"

"역시 안젤로 가야!"

소믈리에와 직원들과도 함께 조금씩 나눠 마시고 같이
와인에 관해서 이야기해 본다면 당신은 그날부터 식당에서
가장 매너 좋은 인기 손님으로 대우받을 것이다!

개성 강한 내추럴 와인,
MZ 세대와 닮았다

단순히 양조 과정에서 산화 방지를 위한 아황산염 등을 넣지 않는 (대부분의 내추럴 와인은 극소량의 산화방지제를 넣기도 하지만 아직은 그 기준이 모호하다.) 것만으로 내추럴 와인을 설명하기에는 뭔가 부족하다. '가장 클래식한 와인이다!', '가장 솔직한 와인이다!'라고 내추럴 와인 애호가들과 생산자들은 말한다. 공감하지만 그렇다고 해서 기존 와인들 즉, 컨벤셔널 와인들이 솔직하지 못한 와인이라고 치부되는 것은 바람직하지 않다. 내추럴 와인과 컨벤셔널 와인 중 어느 것을 더 선호하느냐 하는 질문은 내게 '엄마가 좋으냐 아빠가 좋으냐'처럼 들린다.

내추럴 와인을 만드는 와인 메이커들은 남의 눈치를 안 보고 기존의 틀을 벗어난 와인을 만들어 낸다. MZ 세대가 떠오른다. 남의 눈치를 안 보다 보면 그만큼 남들에게 인정도 늦게 받는 경우가 많은데, 그런 힘든 과정을 이겨냈다는 점도 닮지 않았나 싶다.

내추럴 와인은 세계 여러 나라와 마찬가지로 한국에서도 개성을 중시하는 젊은 층에서 폭발적인 인기를 누리고 있다. 너도나도 경쟁하듯 개성이 강한 내추럴 와인 사진과 후기를 SNS에 올리고 있다. 새로 생긴 힙한 와인 바나 와인숍 중에 내추럴 와인으로만 리스트를 만든 곳이 늘고 있는 점만 봐도 내추럴 와인이 확실한 트렌드임은 분명하다. 그러다 보니 내추럴 와인 수입사도 매년 늘어나는 추세다. 불과 2, 3년 전까지만 해도 한때 유행으로 그칠 거로 생각했던 내추럴 와인 시장은, 와인에 입문하는 사람들에게 긍정적인 평가를 받으며 와인 시장 전체를 이끌어가는 견인차 구실까지 하기에 이르렀다.

이탈리아 역시 내추럴 와인 시장은 혁신적인 젊은 사람들 중심으로 그 인기가 날로 높아지고 있다. 동시에 '내추럴'이라는 동일 콘셉트로 환경뿐 아니라 인권 단체들과 연대하며 차별화를 보여주기도 한다.

내추럴 와인은 한마디로 꾸밈없는 솔직한 맛이 난다. 기존 와인에 비해 산도가 강하고, 아직도 발효하고 있는 듯한 다이내믹한 맛이 매력적이다. 그만큼 아직 덜 만들어진 미완의(?) 맛에 당황하고 싫어하는 사람도 많다. 하필 생애 첫 내추럴 와인으로 매우 강한 산도와 꼬리꼬리한(?) 맛을 경험한다면 내추럴 와인은 쳐다보지도 않게 될지 모른다.

프랑스와 이탈리아 유명 와인 산지는 물론 상대적으로 소외되어 온 작은 지역에서도 내추럴 와인을 만들고 있다. 매년 생산되는 내추럴 와인은 생산자도 처음 경험해 보는 맛일 만큼 해마다 다른 맛의 와인이 나온다. 바로 이런 검증되지 않은 와인 맛은 오히려 내추럴 와인의 가장 큰 매력으로 다가왔고, 이러한 내추럴 와인의 개성이 MZ 세대의 성향과 딱 맞아떨어진다는 점에서 내추럴 와인의 폭발적인 인기는 쉽게 사그라지지 않을 것이다. 아니, 자연이 그대로 전해준 것을 소비한다는 건강한 이미지와 미래지향적인 면에서 앞으로 시장은 더 커질 것이 분명하다. 다만, 우리나라뿐 아니라 세계적인 현상으로 기성세대의 '라떼는 말이지……'를 듣기 싫어하는 일부 MZ세대들이 마치 내추럴 와인이 그들만의 특권이고 성역인 양 과대 포장해서 기성세대들에게 "당신 내추럴 와인 좀 알아?"

내추럴 와인 메이커 테누타 포레스타의 프란체스코 포 조본이 포도밭에서
포도가 어떻게 자라는지를 설명하고 있다.(좌) 내추럴 와인 레이블은 대개 이런
느낌이다.(우)

내추럴 와인 페어 'Salon O' 서울(상)
밀라노의 내추럴 와인 전문 바는 세련된 펍 느낌이다.(하)

하는 듯한 잘못된 방향도 보이곤 한다.

최근 한국에서 열리는 최대 규모의 내추럴 와인 페어인
'살롱 오'에 다녀왔다. 서울과 부산 두 곳에서 이틀간 각각
1, 2부로 나눠 진행하고 사전 예약 필수에 입장료도 5만
원이라는 적지 않은 금액임에도 전시장은 붐볐다. 특정
와인을 오픈한다고 미리 홍보한 부스에는 행사가 끝날
때까지 긴 줄이 줄어들지 않기도 했다.

와인 메이커가 내추럴 와인을 의도적으로 혹은 인위적으로
시장에서 잘 팔리게 상품화하는 순간 더 이상 내추럴
와인이 아닌 게 되듯이, 내추럴 와인 애호가들도 고급 와인
잔을 흔들며 포도 재배 떼루아가 주는 성질과 메이커의
철학, 와인에 담긴 스토리 등을 어렵게 외워 이야기하지
않았으면 한다. 내추럴 와인은 말 그대로 누구의 시선도
의식하지 않고 내추럴하게 마시는 와인 그 이상도 이하도
아니다.

좋은 와인,
그럼 나쁜 와인은?

그 어렵다는 "좋은 와인 추천 좀 해 주세요."라는 손님의
질문에 "가성비 좋은 와인으로 추천해 드리겠습니다."
하면서 "이 와인은 4만 원인데, 8만 원 맛을 내는
와인입니다."라고 하는 게 매우 잘 먹히는 방법이라고 요즘
핫한 와인 바 관계자가 귀뜸한다.

나쁜 와인이라는 건 처음부터 없다. 굳이 시비를 걸자면
앞서 설명한 대량으로 와인을 만들면서 산화 방지를 위해
엄청난 양의 아황산염을 넣는 와인이 있다. 사람마다 반응
차이가 있겠지만 간혹 와인만 마시면 머리가 아프다는

포도밭이 펼쳐진 이탈리아 북서부 랑게 언덕

테누타 포레스타 와이너리에서는 극심한 가뭄을 이겨내기 위해서 포도나무 사이에
풀들을 밀어 일정한 간격으로 눕히고 그 밑에 자연적으로 생기는 습기를 가둬
최소량의 수분을 뿌리에 공급하고 있다.(좌) 499Vino에서는 랑게 네비올로를
숙성하기에는 프렌치 오크 통보단 오스트리아 오크 통이 잘 맞는다고
판단하여 최근 빈티지부터 오스트리아 새 오크 통을 들여놨다.(우)

사람들은 바로, 이 아황산염에 민감하게 반응하는 것은
아닌지 의심된다는 의견도 있지만, 그러기에는 흔히들 먹는
건포도 한 알에 더 많은 산화 방지제가 들어가 있으니
와인의 산화 방지제 탓을 하지 말자. 물론 와인은 당분으로
알코올이 흡수가 더 잘되고, (모든 술이 다 그렇겠지만) 많이
마시면 머리가 아프다.

하지만 이런 저렴한 와인을 포함해서 모든 와인은 만드는
과정부터 감동이다. 나는 운이 좋게도 포도 수확 철에
이탈리아 토스카나에서 그리고 미국 나파벨리에서, 각각
구세계와 신세계 와이너리의 와인을 만드는 경험을 해
볼 수 있었다. 한 달 넘게 걸리는 막노동으로, 처음에는
생각보다 힘든 일에 당황했지만, 시간이 지나면서 정말
소중한 경험이란 걸 의심치 않고 열심히 임했다.
수확 시기에는 매일 새벽에 내린 이슬을 확인해야 한다.
넓은 포도밭은 산기슭부터 평야까지 또 바다나 강에
가까운지에 따라 같은 포도밭이라도 하루나 이틀 심하면
일주일 이상 수확 시기를 앞당기거나 늦추는 결정을 해야
한다. 매일매일 확인해 가며 스케줄을 조정하는 디테일은
정말이지 대단하다는 말 외엔 할 말이 없다.
와인 메이커들이 각자의 와인을 어떠한 철학으로 어떻게

카스텔로 디 꿰르체토의 성 종탑에서(좌) 꿰르체토 성 주인 알렉산드로와 지하
칸티나에서(우)

감동적으로 만드는지 알게 된다면 세상엔 나쁜 와인은 없고
좋은 와인만 존재한다는 것을 깨닫게 될 것이다.

vin.ga

뱅가Vinga는 국내 최초로 〈와인 스펙테이터〉Wine Spectator에 세계 최고의 와인 레스토랑으로 선정된 곳이다. 이곳은 900종이 넘는 와인 리스트를 보유한 당시 국내 최대 규모의 와인 바였다. 주방과 홀 직원들 모두 소믈리에 자격 이상을 갖고 있었다.

와인 바를 만든다는 얘기를 듣고 그곳의 책임자로 합류를 제안받았다. 같이 일하게 된 미국에서 요리를 배우고 온 셰프는 도대체 미국 어디에서도 '와인 안주'라는 개념은 못 봤다며 그런 것이 어디 있냐며 메뉴 개발에 엄청 스트레스를 받았다. 와인 안주 하면 다들 과일·치즈만 떠올릴 때였다.

노종헌 셰프는 한국에서 의대를 졸업하고 미국 유학길에서 회계학 등을 전공하다가 돌연 요리에 빠져 미국 최고의 요리학교 CIA를 수석으로 졸업한 후 잘나가는 레스토랑 셰프로 일하다 합류하게 되었다. 그러니 과일만 깎으라고 하기에는 셰프의 재능이 아까웠지만, 실은 과일을 잘못 깎았던 것으로 기억한다.

와인엔 치즈가 어울리지, 화이트 와인에는 해산물, 레드 와인에는 육류가 어울리지…… 이렇게 뻔하지 않으면서도 편견도 없는 메뉴들을 함께 개발해 나갔다. 같은 샴페인이라도 당도와 무게감이 다 다르므로 샴페인 코스를 만들어 봤다. 가벼운 애피타이저에는 가벼운 Sec을, 메인 요리 중 닭요리엔 로제 Sec을, 육류 메인 요리에는 빈티지 Extra Brut을, 그리고 디저트엔 Demi sec을…… 이런 식으로 샴페인 마리아주의 코스를 만들어 운영한 것은 아마 최초인 것으로 기억한다. 당시 우리가 만들어 낸 메뉴들이 훗날 많은 와인 레스토랑과 와인 바에선 와인 바 메뉴의 바이블이 되어 있는 것을 볼 수 있었다.

그렇게 만든 와인 바 뱅가는 미국 〈와인 스펙테이터〉에 세계 최고의 와인 레스토랑으로 선정된 후 미국, 유럽, 일본, 동남아, 세계 각처의 와인 식당 관계자들이 벤치마킹하러

와인 바 vin.ga.

찾아오는 와인 성지가 되었다. 그들은 와인 리스트, 라이브 공연, 음식 메뉴, 독특한 인테리어 등은 물론 직원들의 와인 전문 지식과 운영 방식까지 모두 보고 듣고 먹고 갔다. 와인을 소재로 한 유명한 만화《신의 물방울》저자도 뱅가에 와서 영감을 받아 여러 에피소드에 풀어냈다고 한다. 해외의 와인 식당 서비스와 와인 안주(?)까지 우리가 영향을 미쳤다 해도 과언은 아닐 거다. (과언일지도!)

위대한 탐험가들이 남긴 선물,
와인 안주

이탈리아의 식문화 역사를 살펴보면 소금의 수요가
매우 높았다. 그 이유는 군인, 뱃사람, 순례자, 탐험가
등이 먼 길을 떠날 때 질 좋은 천일염을 반드시 챙겨갔기
때문이다. 이탈리아를 떠나 20여 년간 아시아를 여행하며
원나라에서 관료로 일하다 고향 베네치아로 돌아와
《동방견문록》을 남긴 위대한 탐험가 마르코 폴로가
대표적이다. 스페인에서 출발하여 아메리카 대륙을 발견한
위대한 탐험가 크리스토퍼 콜럼버스 또한 이탈리아
제노바 출신이다.

제노바에 있는 크리스토퍼 콜럼버스의 생가

이탈리아뿐 아니라, 상대적으로 좁은 지역에 밀집해 살던
유럽의 여러 나라 사람은 대륙뿐 아니라 바다 건너로도
많은 탐험을 했었다. 그 중 특히 포르투갈, 스페인,
프랑스 사람들이 그랬다. 이탈리아와 마찬가지로 이 세
나라에는 하몬Jamón, 프로슈토Prosciutto, 살시치아Salsiccia,
판체타Pancetta나 안초비Acciughe 같은 소금에 절인

밀라노의 살루메리아: 수많은 이탈리아 햄과 치즈 그리고 와인을 파는
식료품점이면서 테이블도 있어서 바로 먹을 수 있다. 우리 식으로 말하자면 훌륭한
와인 바라고 해도 손색이 없는 살루메리아가 이탈리아 곳곳에 많다.

'염장'* 음식들이 발달했다. 그 외에도 발효와 숙성 과정을 거친 음식, 저장에 용이하게 올리브오일에 절인 음식들이 많이 생겨났고 이들은 오늘날 이탈리아 음식을 대표하는 식문화가 되었다.

그래서인지 이탈리아 음식은 대체로 짜다. 대신 음식에 들어가는 식재료들의 풍미와 감칠맛을 생각해 본다면 별도의 소금이나 조미료 없이도 훌륭한 맛을 낼 수 있는 것 또한 이탈리아 음식이다. 결과적으로 소금의 양은 다른 나라 음식들과 크게 차이가 없다. 짠 음식이 건강에 좋지 않다고 무조건 맹신하기보다 싱거운 음식이 행복을 가져다주지 못한다는 점도 생각해 보자.

이유식을 먹기 시작하는 유아에게 이탈리아 사람들은 치즈 중에서도 가장 짜다고 볼 수 있는 파르미지아노 레지아노Parmigiano Reggiano 또는 페코리노 로마노Pecorino Romano 치즈와 각종 올리브오일로 절인 음식을 먹인다. 어릴 때부터 숙성, 발효된 음식을 먹으면 면역력을 키울 수

*
바다와 친한 나라에선 바다에서 얻은 소금을 이용해 프로슈토, 살라미, 하몬 등의 저장 음식들이 생겨났고, 소금이 귀한 내륙 쪽의 독일 같은 나라에선 저장 음식으로 훈연을 한 스모크 햄, 스모크 소시지 등이 생겨났다. 와인 안주와 맥주 안주가 여기서 갈린 것(?) 같다.

있다는 생각에서다.

덕분에 생겨난 짠 음식들은 오늘날, 어렵게 요리할 필요
없이 그대로 각종 와인과 함께 먹기만 하면 되는 훌륭한
와인 안주가 되어 준다. (실제로 마르코 폴로의 여행 기록에서 영감을
받아 훗날 많은 저장 음식이 생겨났다. 마르코 폴로 덕에 완벽한 와인 안주가
탄생한 셈이다.)

이탈리아 사람도
와인을 모른다

이탈리아 사람뿐 아니라 유럽 사람들도 50% 이상이
한국식 표현으로 '와인 초보자'라고 볼 수 있다. 그들에게도
우리처럼 레스토랑에서 다른 나라의 와인을 주문할 때
발음하기 불안한 순간이 반드시 온다. 이제는 수많은 와인
안내서가 있고, 검색만 해도 금세 나오는 친절한 와인 매너
정보들도 차고 넘치지만, 이탈리아 사람들조차 어려워하고
잘 모르는 와인 매너와 상식 몇 가지를 소개하니 여러분도
자신감(?)을 갖길 바란다.

① 와인 따르는 순서

자신의 잔에 와인을 따른 뒤 다른 사람의 잔에 따른다.
와인 서버가 없는 경우 첫 잔은 다른 사람들에 대한 배려로
자신의 잔에 먼저 따라서 와인 상태를 확인시켜 준다. 와인
서버가 있는 경우 역시 소믈리에가 와인을 주문한 손님보다
먼저 테이스팅하는 게 정석이다. 그다음 주문한 손님이
다른 손님들을 위해서 테이스팅하도록 유도한다. 주문한
손님 역시 소믈리에에게는 정중히 모셔야 하는 손님이기
때문이다.

② 병째 마셔도 될까?

맥주병은 되고 와인병은 왜 안 되느냐고 묻는 사람이
은근히 많다. 뭐 안 되는 건 아니다. 다만 때와 장소에 따라
주의해 주길 바랄 뿐! 그리고 무엇보다 와인 잔에 와인이 반
채워지면 남은 반은 와인 향을 담았다는 멋진 말도 있는데,
(실제 그렇다.) 굳이 병째 마셔야 할까? 와인은 맛과 향을 거의
똑같이 중시하므로 병나발은 참아줬으면 한다.

③ 와인 온도

아마 매우 저렴한 와인이겠지만 (실제로 물값의 반도 안 되는
와인이 많다.) 화이트 와인도 아닌 레드 와인을 냉장고에 두고

마시는 경우도 많이 본다. 이 역시 마시는 사람 마음대로고 특히 혼자 마실 때는 개인의 취향대로 해도 된다고 본다. 다만 온도가 너무 내려가 있는 레드 와인은 향이 굳게 닫혀 있다. 향이 열리는 데 온도가 올라가는 시간만큼 오래 걸릴 수 있다. 한편 순간적으로 온도가 필요 이상으로 올라가 있는 레드 와인은 억지로 급랭해서라도 마실 수 있다.

하나 더, 아무리 저렴한 와인이라도 얼음을 넣어 마시는 건 참아 줬으면 한다. 시중에 파는 물(탄산수 포함)에 얼음을 타 먹는 건 한 번 생각해 볼 문제이다. 돈 주고 사 먹는 좋은 물에 수돗물 혹은 정수 물을 타서 먹는 것이니 말이다. 이 이야기를 20년째 하고 있는데 이제는 내가 포기해야 할 거 같다. 얼죽아(얼어 죽어도 아이스 아메리카노)를 찾는 우리나라에선 모든 음료에 얼음이 허용되는 거 같으니!

④ 와인 이름 발음하기

메를로Merlot와 피노 누아Pinot Noir는 프랑스 포도 품종 이름이다. 물론 프랑스어다. 그러다 보니 은근히 많은 이탈리아 사람이 '메를로뜨', '삐노뜨' 이러면서 T를 발음하는 실수를 범한다. 뭐 큰 실수도 아니다. 와인 이름들이 프랑스어, 이탈리아어, 스페인어, 독일어, 영어 등으로 되어 있으니 서로 잘 못 읽고 잘 못 발음할 수도

있지 뭐! 이탈리아 남자들도 여자 앞에서 멋지게 보이고
싶을 땐 일부러 몇 개 연습(?)해 둔 프랑스 와인이나 독일
와인 이름을 멋지게 발음하며 주문한다.

⑤ 코르크 확인

코르크 확인에 대해서는 앞에서도 얘기했으니 여기서는
일화 하나를 소개하려 한다. 2001년도로 기억한다.
토리노에 있는 레스토랑에서 꼬뮈 소믈리에(보조 소믈리에)로
일할 때 있었던 일이다. 이제는 많이 보편화됐지만 당시
이탈리아에서는 스크루 캡 와인을 거의 찾아볼 수가
없었는데, 내가 일하는 레스토랑에는 몇 종이 리스트에
막 들어온 참이었다. 뉴질랜드 소비뇽 블랑 와인이 있었다.
30대로 보이는 좀 노는(?) 듯한 이탈리아 남자가 모델같이
보이는 예쁜 여자 손님 셋과 거들먹거리며 들어왔다. 나는
새로 리스트업된 뉴질랜드 화이트 와인을 자신 있게 먼저
추천했다. 동양인인 나를 미덥지 않게 본 건지 아니면 원래
인상이 그런 건지 남자 손님의 표정은 그다지 좋지 않았다.
나는 와인을 찾아와 아이스 바스켓에 넣어 두고 잠시 후
와인병을 들어 보이면서 와인에 대해 간단히 설명했다.
그러고는 바로 와인을 오픈했다. 딸그락!
병뚜껑을 테이블에 올려 두고는 테이스팅해 보겠느냐고

스크루 캡과 보틀 캡으로만 되어 있는 와인들

물었다. 순간 그 남자 손님은 테이블 위에 있는 스크루 캡
뚜껑을 자신 코에 갖다 대고는 냄새를 맡는 게 아닌가.
나는 장난치는 줄 알고 웃으면서 "다른 코르크라도 좀
갖다 드릴까요?"라고 물었다. 그제야 자신이 이상한 행동을
한 줄 알아챈 손님은 여자들 앞에서 무안했는지 나에게
엄청나게 화를 냈다. 나중에, 자리에서 일어날 때까지도
분이 안 풀렸는지 손님 테이블에 오픈한 코르크나 병뚜껑을
올려놓으면 그것은 손님에게 확인해 달라는 사인이니
다음부터 주의하라며 나를 한참 가르치고 갔다.
이렇듯 이탈리아 사람이라고 해서 모두가 와인 매너를 다
아는 것은 아니다. 그곳에도 와인으로 으스대고 싶어 하는
사람이 꼭 있다.

와인에 대한
우리의 환상

특별한 날 여자친구와 와인을 마시러 예약해 둔 레스토랑에
간다. 리스트를 보고 최대한 자연스럽고 침착하게
적당한 와인을 주문한다. 이내 소믈리에가 주문한
와인을 들고 온다. '이제 내 순서다! 코르크 확인을 하고
테이스팅하면서……'라고 속으로 중얼거리고 있자니,
박카스 병을 따는 경쾌한 소리가 들려온다. 망했다! 스크루
캡 와인이다. 앞이 캄캄해지면서 모든 계획이 무너지는
소리가 들린다.

기대와 계획은 무너졌지만, 어설픈 코르크와 잘못된

보관으로 인해서 코르크가 쉽게 오염되는(부쇼네Bouchonne
또는 코르키Corky) 것보단 스크루 캡이 안전하고 깨끗하다.
뉴질랜드와 호주를 중심으로 이제는 미국, 유럽,
남아프리카공화국 와인들로 확대되고 있다.
그래도 그렇지, 코르크가 멋지게 병목에서 올라와서는
소믈리에와 같이 확인하는 과정도 없이, 볼품없이 병을
돌려 따는 것을 보고 있자니 마음이 아파진다.
내가 소믈리에로 일할 때는 손님들이 속상해하던
그 모습이 머리에서 떠나질 않았다. 고민 끝에 밋지게(?)
스크루 캡을 따서 손님의 실망감을 최소화할 방법을
만들어 내기도 했다.
한 손은 와인병의 밑바닥을 움켜잡고 또 다른 손으론
스크루 캡의 밑 즉, 캡이 아닌 목 부분만 잡는다. 그러고는
양손을 앞으로 동시에 내밀 듯하면서 서로 반대 방향으로
각각 반원을 돌린다. 경쾌한 소리와 함께 스크루 캡이
분리된다.

혹시 몰라 하나 더 덧붙이자면, 스크루 캡이나 코르크가
아닌 실리콘 또는 합성 코르크 같은 건 냄새 확인은 물론
육안으로 확인하는 절차도 하지 않는다. 책에 나와 있는
코르크 확인 절차에 대한 순서를 외우고 있다가 스크루

코르크: 일반적으로 사용되는 와인 병마개. 미세하게 숨을 쉴 수 있어
장기 보관 중 병 숙성이 가능하나 코르키 즉, 보관상 곰팡이 균에 노출될 염려가 있다.
합성 코르크: 저렴한 이미지가 있지만 더 이상 숙성이 필요 없는 와인에 쓰이며
곰팡이 균에 노출될 염려가 없다.
스크루 캡: 역시 저렴한 이미지가 있지만 가장 위생적이고 병을 (냉장고 등에)
재보관할 때 편리하다. 이탈리아에서도 점점 늘어나는 추세다.
크라운 캡: 맥주 같아 보일진 모르지만 주로 발포성 와인 또는 내추럴 와인 등
격식 없이 편하게 즐길 수 있는 와인에 주로 쓰인다.
유리 캡: 스크루 캡처럼 위생적이며 도구가 필요 없고 고급스럽기까지 하다.
와인병을 재활용하기에도 적합하다.

캡을 코에 갖다 대고는 향을 맡는 일은 절대 하지 말자.

와인 좋아해요,
하지만 하나도 몰라요!

"와인 좋아하시죠?"

"아……, 네. 그런데 저 와인 하나도 몰라요."

왜 그럴까? 막걸리나 소주, 맥주, 기타 술들에 비해서 유독
와인만 모른다는 사람이 많다. 막걸리를 마시면서
"저 막걸리 잘 몰라요……." 하는 소리는 들어 본 적이 없다.
한마디로 우리는 유독 와인 앞에서만 작아진다.
와인을 모른다고 말하는 사람의 대부분은 와인의
익숙하지 않은 표현들 때문이라고 생각된다. 또 한편으로는
소믈리에의 친절한 설명 때문이 아닌가 하는 아이러니한
생각도 해 본다.

긴장감(?)이 흐른다. 소믈리에가 와인을 갖고 와서는 바디감이 어떻고 블랙커런트나 볏짚 향, 바닐라 향, 가죽 향 같은 금방 떠올리기 힘든 향과 맛에 대해서 친절하게 설명해 준다. 이러한 와인 설명들이 분명 와인을 그냥 편하게 마시고 싶어 하는 사람들에게 본의 아니게 벽을 높이게 된다.

우선, 바디감이란 표현에서부터 어렵다. 알 듯 말 듯, 하지만 공감하기 어렵다. 크림 우유, 일반 우유, 무지방 우유 순으로 한 모금씩 입에 물고 있으면 입에 꽉 찬 풀바디 느낌부터 라이트바디 느낌까지 공감할 수 있지 않을까? 와인의 바디감도 이와 크게 다르지 않다. 입에 한 모금 물고 있을 때, 또 목 넘김 후 입안에서 여운 등으로 입 안에 꽉 찬 느낌 정도로 바디감을 느껴 보자.
혹자는 현미밥과 현미를 섞은 밥과 순 쌀밥의 순으로 금방 꺼지는 한 끼부터 든든한 한 끼 즉, 점점 풀바디해지는 것 아니냐는 재미난 표현도 한다.

기억 속에 없는, 경험해 보지 못한 향과 맛으로 와인을 설명하는 걸 들으면 공감하기 어려운 건 당연하다. 누구나 경험하기 쉬운 향으로, 또는 함께하는 음식의 마리아주

경험으로 공감하기 시작하면서 여러 향과 맛을 기억으로
저장해 가는 과정을 즐기다 보면 재미있다는 생각이 드는
순간 나도 모르게 와인 전문가가 되어 있을 것이다.
또 기회가 주어질 때마다 소믈리에에게 재미있는 와인
이야기를 들을 수 있다. 와인을 마시다 보면 더 알고
싶어지는 와인이 생기기 마련이다. 그때 그 와인에 대해
인터넷을 뒤져가며 알아보면 자연스럽게 와인의 재미에
빠질 수 있다. 와인이 궁금해지는 순간 당신은 이미 와인을
하나도 모르지는 않은 것이다.

신의 물방울

우리나라에 와인의 붐을 일으킨 또 하나의 주역은 바로
만화《신의 물방울》이다. 빈티지별, 나라별, 와이너리별,
품종별로 그 맛과 향이 제각각 다른 와인의 세계를 언급해
와인에 관심이 없던 일반인들의 관심도를 끌어올린
것이 사실이다. 요즘은 많이 식었지만, 한때 와인숍이나
레스토랑에서 '신의 물방울 ○○권에 등장하는 와인' 이라는
문구를 쉽게 볼 수 있었다.

견습 소믈리에인 시노하라 미야비는 어느 날 진상 손님이
주문한 와인에 시비를 걸며 난리를 피우자 쩔쩔매는데,

《신의 물방울》 표지와 와인 바
'뱅가'가 나온 본문

마침 자리에 있던 맥주 회사 직원인 칸자키 시즈쿠가 그
와인을 놀라운 솜씨로 디캔팅 해서 깨워 제대로 된 풍미가
퍼지게 하는 것을 보게 되는데……. 대략 이런 식으로
시작하는 이 만화는 소믈리에의 화려하면서도 그야말로
만화 같은 디캔팅 장면과 와인을 한 모금 마실 때마다
환상이 떠오르는 듯한 연출 등으로 일반인들에게 와인에

대한 환상을 심어주기 충분했다. 덕분에 현장에선 디캔팅을
하지 않아도 되는 와인을 주문해서 무리하게 만화처럼
디캔팅을 해달라는 손님들이 부쩍 늘어 힘들어하는 직원도
많이 봤다.

《신의 물방울》만화의 인기로 와인 시장이 빠르게 성장한
공로도 있지만, 한편으론 부작용도 있었다. 한마디로
《신의 물방울》은 '알고 있으면 폼 나는, 와인 아는 척하기
딱 좋은' 필독서였다. 등장인물 중 '이탈리아 쵸스케'라는
별명을 갖고 있는 백화점 와인 사업부에서 일하는 혼마
쵸스케가 나온다. 이탈리아 음식과 문화에 빠져들어
이 일을 시작한 쵸스케는 등장인물 중 가장 나와
닮아 있어서 (외모 말고) 쵸스케만 나오면 재미있게 읽은
기억이 있다. 대부분의 등장인물이 만화적 캐릭터라면
쵸스케는 마치 실존하는 인물을 표현한 게 아닌가 할
정도로 사실적이다. 그는 이탈리아 와인을 최고로
뽑지만, 그 외에도 프랑스를 시작으로 칠레, 아르헨티나에
이르기까지 맛있는 와인을 찾아다닌다. 그의 좌우명은
'백문이불여일음'이라고 할 정도로 일단 마시고 본다. 조금
괴팍하지만 와인에 솔직하며 "싫으면 마시지 마!"란 말도
자주 한다.

작가 키바야시 신(필명 아기 다다시)과 그림작가 오키모토 슈가 한국에 왔을 때 내가 일하던 뱅가에 방문했었다. 나는 팬이라며 신의 물방울 등장인물 중 쵸스케가 가장 마음에 들며 와인에 대해 솔직하고 사실적이라는 내 생각을 말했고, 두 작가 역시 그렇게 생각한다고 했던 기억이 있다. 여담으로 두 작가는 뱅가의 분위기가 좋다며 그 자리에서 내부 모습을 스케치해 갔다. 그러고는 얼마 후 12권 한국편(한국 음식과 어울리는 와인을 찾는 미션)에서 내용은 한국 음식점으로 나오지만 뱅가가 나온다. 당시 뱅가에서 연주하던 코즈 밴드의 아는 얼굴들도 그대로 그려냈다. 아는 사람한테는 보인다.

이탈리아에서
가장 많이 팔린 와인,
람브루스코

세계로 가장 많이 수출되고 동시에 가장 많이 소비되는 이탈리아 와인은 의외로 한국에서는 아직 널리 알려지지 않고 오히려 대부분 잘 모르는 람브루스코Lambrusco 와인이다.

람브루스코는 모데나, 레지오 에밀리아, 파르마 지방에서 대부분 생산되고 있으며 포도 주스처럼 진한 보라색을 띤다. 과일 향, 기분 좋은 산도, 적당한 알코올 도수를 지닌 다양한 종류의 람브루스코는 주로 스파클링 레드 와인을 선보인다. (샴페인의 절반 정도 기포)

Lambrusco의 어원은 labrum(들판의 가장자리)과 ruscum(자생
식물)이란 라틴어의 합성어에서 유래되었으며 들판
가장자리에서 경작되지 않은 채 야생으로 멋대로 자라는
포도나무라는 이야기가 전해온다. 들판에서 멋대로 자란
포도로 만든 와인이라니 왠지 매력적이지 않은가!

또한 람브루스코 포도는 발사믹을 만드는 데 주로 쓰이는
품종이다. 레드 와인과 발사믹이 만들어지는 과정은
처음부터 끝까지 매우 닮았다. '식초를 만들려다 와인을
만들었는지, 와인을 만들려다 식초를 만들었는지'라는
농담이 나올 정도로 그 과정이 대부분 같게 진행되다가,
발효와 동시에 산화 숙성의 방법과 시간의 차이로 둘은
와인과 발사믹 식초로 나뉜다.
모데나 발사믹의 포도는 람브루스코, 산지오베제Sangiovese,
트레비아노Trebbiano, 알바나Albana, 안첼로타Ancellotta,
포르타나Fortana 등 그 지역 포도로만 만들어 유일하면서도
세계 최고의 맛을 자랑하는 발사믹 식초를 생산하고 있다.

세계에서 가장 큰 와인 박람회 '빈이탈리'Vinitaly 2019의
이탈리아 국내 와인 소비 조사에 의하면 이탈리아에서
가장 많이 소비된 와인은 람브루스코이며, 그 뒤를

람브루스코 와인과 같은 지역
람브루스코 포도로 만든
발사믹 식초

키안티Chianti, 몬테풀치아노
다브루쬬Montepulciano d'Abruzzo,
샤르도네Chardonnay(세계에서
가장 많이 소비되는 화이트 와인),
바르베라Barbera 순이었다.
람브루스코는 같은 포도로
레드 스파클링과 로제 스파클링
와인을 생산하기도 한다.
레드 스틸 와인인지, 스파클링
와인인지, 드라이 와인인지,
디저트 와인인지 포지셔닝이
모호하다는 이유 때문일까?

확실한 걸 선호하는 한국 와인 시장에선 이러한 이유로
자리를 못 잡고 있다는 생각이 든다.
람브루스코가 이탈리아 국내외에서 소비되는 이탈리아
와인 부동의 1위를 지키는 이유 중 하나는 가장 클래식한
와인인 동시에 격식을 벗어난 와인이라는 데 있다.
이탈리아뿐 아니라 전 세계 젊은이들 사이에서 인기가
치솟고 있어서 내추럴 와인과 함께 한국 MZ세대가
선호하는 와인이 되리라 조심스레 예측해 본다.

와인은 반드시
와인 잔에?

람브루스코 와인 이야기를 이어가기 위해 111쪽의 사진부터
보자. 마치 사발 같은 잔에 든 와인 모습이다. 이 사발은
수백 년 된 람브루스코 와인 역사와 그 지역(에밀리아
로마냐)의 오랜 전통이다. 그런데 오늘날 이탈리아 젊은이들
사이에서 와인글라스보다 더 반응이 좋다고 한다.
10여 년 전인가 우리나라에서도 갑자기 막걸리 열풍이
일기 시작한 적이 있다. 바로 젊은 세대들이 그 유행을
이끈 주역이었다. 그때 내 눈에 띈 것은 다름 아닌
양은 막걸릿잔이었다. (동동주 잔은 스테인리스로) 멀쩡한 새
양은그릇을 사다가 조그만 망치로 여기저기를 통통 두들겨

찌그러뜨린 것이었다. 오래된 듯한 자연스러운 느낌을
내려고 했는지는 모르겠지만, 내게는 너무나 부자연스러워
보였고 모든 게 불편하게만 느껴졌다.

와인 잔 하면 누구나 와인글라스를 떠올리겠지만, 아니
와인은 와인글라스에 마셔야 한다고 생각하겠지만 사실
와인글라스는 수천 년의 와인 역사에 비해 고작 몇십
년밖에 안 된다. 물론 최초의 와인글라스는 유럽에서
약 600년 전 교회 미사에서 쓰기 위해 베네치아의 유리
장인에게 특별히 의뢰하여 만들었다. 지금의 와인글라스의
첫 모델이라고 할 수 있겠다.
이후로 많은 시행착오를 거쳐 비로소 테이블에 화려한
와인글라스가 올라가고 채워지기 시작한 것은 그 후로도
400년이나 지난 1800년대부터다. 다시 말해서 수천 년의
역사가 있는 와인은 오랫동안 주로 사기그릇(또는 주물 잔)에
담아 마셨고, 1800년 이후에도 와인글라스가 대중화되기
전인 근대까지도 대중적으로는 오늘날의 와인글라스에
와인을 마시진 않았다는 얘기가 된다. 여기에 더해 보르도
레드 와인 잔, 부르고뉴 레드 와인 잔, 화이트 잔, 샴페인
잔, 디저트 잔……과 같이 수많은 종류별 와인글라스야말로
최근에서야 대중화되었다고 해도 과언이 아니다.

에밀리아 로마냐 지방 전통으로 람브루스코 와인을 사발에 따라 마신다.

언제부턴가 우리는 와인을 와인글라스에 따라 마시지 않으면 (그것도 종류마다 다른 와인글라스에) 큰일이라도 나는 것처럼 호들갑을 떤다. 심지어 와인 잔이 와인과 맞지 않는다고 컴플레인하거나, 일반 유리컵에 와인을 마시면 와인을 모르는 사람으로 취급받기에 십상이다.

파인다이닝을 즐기기 위해서 고급 레스토랑을 찾아 스파클링 와인은 좁고 긴 스파클링(샴페인) 와인글라스에,

로마의 어느 선술집. 전통적인 키안티 병과
와인 잔 대신 유리잔을 제공한다.

화이트 와인은 일반 레드 와인글라스보다 작은 화이트
와인글라스에, 레드 와인 중 보르도 스타일은 보르도
와인글라스에, 부르고뉴 스타일은 볼을 더 둥글린 부르고뉴
와인글라스에, 디저트는 디저트 와인글라스에……, 이보다
더 깊게 들어가면 올드빈티지는 좀 더 큰 글라스에 등등 폼
나게 마시는 경험을 해보는 것도 좋겠다. 하지만 일반적으로
시도 때도 없이 너무 비싸고 화려한 와인글라스에

와인을 마시는 건 오히려 불편해 보인다. 불과 수십 년 전 와인글라스 회사에서 나름의 연구와 노하우로 만들어서 종류별 와인글라스를 개발하여 제안한 것을 절대로 지켜야 하는 와인 법칙으로 따르는 건 아닐까?

우리가 레스토랑에서 접하는 고급 와인글라스는 크리스털 소재로 만들며 몸통, 손잡이, 받침의 세 부분으로 구성되어 있다. 어떤 와인을 마시는지에 따라 레스토랑이 제공하는 와인글라스의 크기나 모양이 달라진다.

그런데 최근 캠핑이나 피크닉 등 야외에서 와인을 마실 때는 이런 와인글라스가 부담스럽기 짝이 없다. 깨지기 쉽고 부피도 크고 무겁기까지 하다. 많은 사람이 모이는 연회나 파티에서도 마찬가지다. 손님이 북적이는 식당에서는 어김없이 하루에도 많은 와인글라스가 깨져 나간다. 손님의 부주의건 직원의 부주의건 2차 사고로도 이어지는 위험한 물건이 바로, 이 와인글라스이기도 하다. 와인을 전문적으로 다루는 와인 바나 고급 식당들은 손님의 니즈를 맞추기 위해서 어쩔 수 없다 치고, 적어도 대부분 식당과 캐주얼한 와인 바에선 손잡이 부분이 없는 와인 잔이나 일반 유리컵을 사용해도 무방하다. 또한 캠핑이나 피크닉에선 이런 유리컵도 불편하니 깨질 염려가 없는 플라스틱 와인 잔이나 스텐 물컵을 적극 추천한다.
단, 종이컵은 코팅이 잘 되어 있다 하더라도 시간이 지남에
따라 종이가 젖으면 와인에 영향을 줄 수 있으므로 비추다.

적어도 고급 파인다이닝과 동네 캐주얼한 와인 바에서
와인을 즐기는 방식만이라도 구분했으면 한다. '와인은
이렇게 마셔야 한다' 등의 법칙 따위는 버리고 말이다.
와인을 직접 고르는 실력을 갖추기 위해서 (이미 실력을 갖추고
있더라도) 레스토랑에서 소믈리에가 설명과 함께 권해 주는
와인을 참고해서 고르고 마셔 보자. 그런 실력을 갖추고
있는 소믈리에가 없는 와인 바에선 분명 와인 메뉴판에
친절한 설명이 있기 마련이다. 심지어 사진도 곁들여져
있다. 와인 리스트가 불친절하거나 어려우면 분명 실력 있는
소믈리에가 있다는 방증이고, 소믈리에나 전문가가 도움을
주지 못하는 곳이라면 분명 와인 리스트는 각종 설명이
친절하게 되어 있을 테니 안심해도 좋다.

레스토랑이나 바마다 콘셉트에 맞게 와인 잔을 쓴다는
것도 인정해야 한다. 캐주얼한 식당에서 와인에 맞는
잔이 왜 없냐고 한다거나, 여럿이 여러 병의 레드 와인을
마시면서 매번 잔을 바꿔 달라고 하는 것도 자제해야 한다.

화이트에서 레드로 또는 최고급 와인으로 와인이 바뀌는 과정 몇몇을 빼고는, 가급적 캐주얼한 곳에선 다 마신 와인 잔에 다음 와인을 한 모금 정도 부어서 스월링으로 씻어낸 후 마시고 따르면 그만이다. 아니 매우 세련된 매너다. 식당 측에선 당연히 좋아한다. 아마 그런 손님에게는 특별 대우가 있지 않을까?

와인 향은
얼마나 담아 드릴까요?

이렇게 말한다면 닭살 돋는다고 할지 모르겠다. 우리 술은
술잔을 가득 채워야 인정 넘치고 예의인 경우가 많다.
하지만 앞서 언급했듯 실제로 와인이 담긴 와인 잔에선
와인 향이 제법 화려하게 나고, 다 마신 와인 잔에서도
그 향은 쉽게 떠나지 않는다.

와인 향 즐기기를 건너뛰는 건 큰 손해다. 테이스팅을 위해
와인 잔 바닥에 한두 모금의 와인을 따르는 것부터, 고급
레스토랑에서 고급 와인은 그보다 조금 높게, 일반 캐주얼
다이닝에서는 또 그보다 높게 글라스의 튀어나온 배 부위
선 이하(글라스 와인)까지 따른다.

글라스 와인을 주문하면 어디선가 글라스에 적당량을 따라서 글라스째 가져다주는 경우가 종종 있는데, 아무리 저렴한 글라스 와인 한 잔이라도 디스펜서 시스템이 아니라면 병째 가져와 손님에게 병을 보여주며 간단한 설명과 함께 자리에서 적당량을 따라주는 것이 좋은 서비스다. 짓궂은 몇몇 손님이 "조금만 더 조금만 더!"라며 직원을 당황하게 만드는 걸 미리 방지하기 위해서인지도 모르겠다.

와인 잔이 다시 좁아지는 선 위부터는 와인 잔을 들기도 어려워지고 와인 향을 맡기도 그만큼 힘들어진다. 명심하자,

무슨 날이냐고
물어보면 안 되는 날

애인과 헤어진 날

힘든 하루를 보낸 날

레스토랑

글라스 와인

테이스팅

와인 양과 와인 향은 반비례한다는 것을! 와인을 꼭 레스토랑에서만 마시는 것이 아니니 상황에 맞는 와인 잔에 따르는 와인(스틸 레드 와인 기준)의 적당량은 앞 페이지의 그림을 참고해 보자! (절반 위부터는 재미 삼아 봐 주기를!)

전 국토가
포도밭인 나라

전 세계 와인 생산국을 보면 대체로 그 나라의 몇몇 특정
지역에서만 집중적으로 와인이 생산되고 주로 프랑스
포도 품종을 들여와 와인을 만든다. 그런데 이탈리아는
전 국토가 와인 밭이라 해도 과언이 아닐 정도로 사방이
포도밭이며, 각 지역 땅에서 나고 자란 토착 품종을 주로
고수하고 있다. 국제적으로 잘 알려지고 기준에 부합하는
와인들만 수출해 왔다 하더라도 그 지역이 북부의
피에몬테, 베네토, 롬바르디아 그리고 에밀리아 로마냐,
중부의 토스카나와 움브리아, 남부의 시칠리아, 캄파니아,
풀리아 정도로는 구분을 해 줘야 하니 말이다.

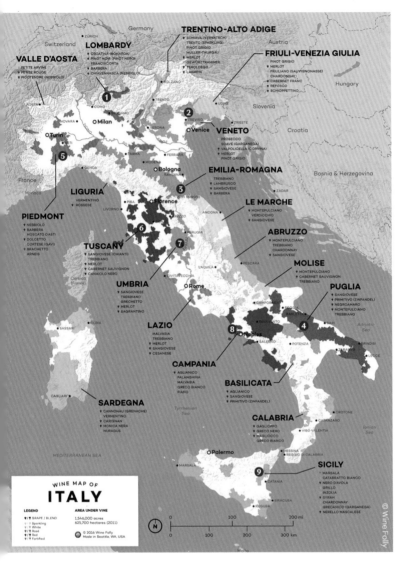

WINE MAP OF
ITALY

LEGEND

♥ / ♥ GRAPE / BLEND
♥ / ♥ Sparkling
♥ / ♥ White
♥ / ♥ Rosé
♥ / ♥ Red
♥ / ♥ Fortified

AREA UNDER VINE

1,546,000 acres
625,700 hectares (2011)

© 2016 Wine Folly
Made in Seattle, WA, USA

이탈리아 와인 지도. ❶ 롬바르디아 ❷ 베네토 ❸ 에밀리아 로마냐 ❹ 풀리아
❺ 피에몬체 ❻ 토스카나 ❼ 움부리아 ❽ 캄파니아 ❾ 시칠리아

육류 요리에는 레드 와인, 생선이나 해산물 요리에는
화이트 와인 등과 같이 책으로 마신 와인들 말고 더
세분된 지역과 개성을 중시하는 와인, 그리고 그 와인들과
함께하면 어울릴 수밖에 없는 그 지역의 음식들을 경험해
보자.

같은 이탈리아라도 주로 중부와 남쪽 지방에선 여전히
토마토를 많이 쓴다. 음식의 주재료가 소고기나 돼지고기든
생선이든 소스가 진한 토마토라면 토마토의 맛을 끌어올려
주는 가볍고 발랄한 산지오베제 품종의 키안티를 많이
마신다. 북쪽으로 가면 파스타 면을 건조하기에는 남쪽에
비해 날씨가 습해서 생면이 발달했는데, 하얀 치즈로
덮여 있는 생면 파스타가 꽤 먹음직스럽게 보인다. 생면은
훌륭한 화이트 품종의 와인들이 즐비해 있는 북쪽
지방의 아르네이스Arneis, 모스카토다스티Moscato d'Asti,
가비디가비Gavi di Gavi, 프로세코Prosecco 등과 매우 잘
어울린다.

와이너리 방문을 목적으로 하지 않은 이탈리아
여행일지라도 이탈리아 그 어느 곳에 가더라도 로컬 와인과
로컬 음식을 반드시 그들의 끝없이 이어지는 설명과 함께
즐겨 보기 바란다.

와인을 만드는 포도와 같은 땅에서 자란 올리브,
그 올리브로 올리브오일을 만든다. 그 음식이 뭐건 간에
같은 지역 올리브오일을 뿌린 음식에 같은 지역 와인을
마시는 게 이탈리아 사람들에게는 최고의 페어링이라고
이탈리아 할아버지 한 분이 마치 비밀이라도 알려 주듯
나에게 몇 시간 동안 해 주신 이야기가 생각난다.

최근에는 그 외의 국제적으론 마이너라고 여겼던 지역의
와인들도 들썩이기 시작한다. 이탈리아는 모든 행정
구역에서 와인이 생산되는 유일한 국가이며, 각 지역
사람을 만나보면 서로들 자기 지역 와인이 최고라고
자부한다. 세계적으로 와인 소비가 젊은 층을 중심으로
느는 추세여서, 상대적으로 가볍고 저렴한 그렇지만 매우
개성 있는 이탈리아의 숨어 있는(?) 와인들도 점차 세계로
알려지고 있다.

영원히 변하지 않는
클래식 와인의 자리

클래식 음악을 좋아한다고 하면 왠지 있어 보인다. 다른
음악 장르와는 다르게 클래식은 왠지 공부하며 들어야
더 깊게 이해할 수 있다고 생각한다. 세상의 모든 음악은
클래식에서 파생했고 결국 클래식으로 돌아간다.

와인 역시 클래식이라고 생각된다. 이탈리아의 클래식 와인
하면 가장 오래되고 가장 적합하며 전통적인 생산 지역의
포도로 만든 와인을 꼽을 수 있다. DOC, DOCG, Classico,
Superiore, Riserva 등 일종의 등급은 와인 생산 방법과 포도
품종과 지역 등의 정보를 함께 제공하는 셈이라 와인을
고르는 결정적 정보가 되어준다.

이탈리아에서 가장 클래식하면서도 프랑스 부르고뉴 지방의 로마네콩티처럼 이탈리아를 대표하는 와인은 피에몬테 지방의 바롤로Barolo와 바르바레스코 그리고 토스카나 지방의 부루넬로 디 몬탈치노Brunello di Montalcino라고 말할 수 있다. 이에 대적하는 와인으로 슈퍼 토스칸 와인인 사씨카이아Sassicaia, 오르넬라이아Ornellaia, 솔라이아Solaia, 티냐넬로Tignanello 정도가 있다.

클래식을 모르면 언제든 증발해 버릴 수 있는 것들이 있다. 커피 메뉴의 클래식은 커피를 제조하는 기본 재료로만 알고 있는 에스프레소다. 에스프레소의 맛을 알고 상황이나 기호에 따라 더운 우유를 얼마나 넣고, 스팀 우유를 어떻게 넣고, 때로는 찬 우유를 넣거나, 물을 더 붓거나, 그 비율들을 조절해 가면서 수많은 커피 메뉴가 나왔다. 하지만 결국 기본인 에스프레소로 돌아갈 수 있어야 또 새로운 커피 메뉴로 나아갈 수 있다.

TV 음식 프로그램에서 유명인이 나와 특정 음식에 관해 이야기하거나 특정 식당에 가면, 다음 날 그 식당은 하루아침에 이른바 대박집이 된다. 요즘엔 SNS도 그 역할을 한다. 때로는 궁금증을 유발하기 위해서 더 자극적으로

브루넬로 디 몬탈치노와 바르바레스코(좌) 빈티지 바롤로와 바르바레스코(우)

음식을 소개하곤 한다. 홍보를 위해선 최고의 마케팅 기법임이 틀림없다. 하지만 해당 음식이나 음료에 본질인 '클래식'이 없이 소개되기 때문에 금방 증발해 버린다. 문화로 자리 잡지 못하고 다르게 변질해 버리고는 돌아갈 곳 즉, 클래식의 부재로 증발해 버리는 것이다.

이탈리아를 대표하는 각 지방의 클래식 와인

키안티와 키안티 클라시코Chianti Classico

이탈리아에서 가장 전통적이고 오래된 권위 있는 대표 와인. 토스카나 지방의 상징이자 이탈리아를 대표하는 와인이다.

브루넬로 디 몬탈치노

토스카나 몬탈치노 지방의 이탈리아 최고급 와인 중 하나.

바롤로와 바르바레스코

키안티 다음으로 이탈리아에서 오랜 전통과 명성을 이어오고 있는 피에몬테 지방 와인. 품종과 완벽에 가까운 환경 덕에 유한한 땅에서 자란 포도로 새로운 도전과 시도를 계속해서 세련된 바롤로와 바르바레스코가 만들어지고 있다.

아마로네Amarone

'위대한 쓴맛'이란 뜻의 아마로네는 키안티와 바롤로와 경쟁하기 충분한 베네토 지방의 와인. 이탈리아 와인 중 가장 산도가 적고

풍부한 맛과 건포도의 질감이 나는 풀바디 와인으로 알코올 도수도 타지역 와인에 비해 평균 1~2도 높다.

돌체토 Dolcetto

'프랑스 와인을 닮았다'라는 수식어가 따라다니는 피에몬테 지방의 와인. 프랑스와 이탈리아 와인 사이에서 고민될 때 추천한다.
아마로네와 반대의 뜻인 '달콤한 맛'의 뜻이란 돌체토는 부드럽고 달콤한 블랙베리, 자두 등의 과일 향이 나는데 맛에서 감초, 아몬드 등의 다소 독특하고 쓴맛이 나는 반전의 와인이다.

이른 수확과
늦은 수확

와인의 빈티지는 와인을 만든 포도의 수확 연도를
의미한다. 매년 그 지역의 강수량이나 일조량이 같지
않으므로 똑같은 품질의 포도를 얻기란 불가능하다.
그래서 빈티지는 와인의 또 다른 품질 정보를 알려 주기도
한다. 다만, 와인에 별도로 표기되거나 따로 정보를 알려
주지는 않지만, 와인 생산자들은 매년 11월경 수확 시기가
되면 같은 지역이라도 포도밭마다 미묘한 온도와 습도
차이가 있어 해마다 며칠씩 다르게 포도를 수확한다. 하루
차이의 수확으로도 와인 맛이 달라진다는 얘기다.
하지만 불과 며칠 차이로 수확한 포도를 이른 수확 또는

늦은 수확이라 하지는 않는다. 일부러 포도가 익은 후에 바로 수확하지 않고 수분을 날린 후 말려서 만든 와인을 늦은 수확 와인이라 한다. 늦은 수확으로 얻은 포도는 당도는 높아지고 산도는 떨어지며 진해진다. 주로 달콤한 디저트 와인을 만들기 위해서 늦은 수확을 한다.

지난 몇 년 동안은 특히 유럽, 그중에서도 이탈리아는 기록적인 더위와 함께 비가 거의 내리지 않았다. 이러한 기후변화는 포도 숙성에도 변화를 가져와 와인의 알코올 함량이 지나치게 증가하거나 와인의 밸런스에 커다란 영향을 끼치게 된다. 따라서 이른 수확을 통해 이를 극복해 나가는 예도 있다. 하지만 극심한 가뭄에는 포도 열매 자체가 자라지 않기 때문에 수확을 포기하는 때도 종종 발생한다.

이른 수확은 우리가 아는 햇과일과는 조금 다른 의미다. 신선함의 의미를 갖는 햇과일과 당도 조절을 위한 이른 수확은 의미에서 차이가 있다. 과일마다 곡식마다 차이는 있지만 과일의 경우 주로 일찍 수확하는 과일은 산도가 높고 늦게 수확하는 과일은 당도가 높다. 이른 시기엔 새콤하고 늦은 시기엔 달콤하고 중간 시기에는 새콤달콤하다고 할까?

샴페인 말고 스푸만테

"오늘은 와인 말고 샴페인 어때?"

"이탈리아 샴페인은 뭐 있어요?"

"이탈리아 스파클링 와인을 프로세코라고 하나요?"

일명 '뽀글이 와인' 관련해서 위와 같은 수많은 질문을
받아왔다.

샴페인, 스파클링 와인 모두 와인의 한 범주다. 예전엔
발포 와인을 무조건 샴페인이라고 많이들 불렀다. 샴페인은
프랑스 샹파뉴 지방에서 만드는 발포 와인이고 그
지역에서만 생산해서 영어 표기로 샴페인이라고 부른다.
즉, 샹파뉴 지방 외에서 만드는 뽀글이 와인들은 샴페인이

아니다.

이처럼 이탈리아 스파클링 와인도 특정 지역에서만
만들어지는 뽀글이 와인에 각각의 이름이 있다. 우선,
이탈리아어로 스파클링 와인은 스푸만테Spumante라고 한다.
직역하면 '거품이 나는 와인'이다. 대표적인 지역 이름이
들어간 스푸만테는 아스티 지역의 아스티 스푸만테가 있고,
포도 품종 이름이 들어간 스푸만테는 모스카토 스푸만테,
샤르도네 스푸만테 등이 있다.

와인의 한 범주인 스푸만테는 모든 지역과 모든 품종으로
생산될 수 있다. 반면에 샴페인과 같이 프로세코는
베네토와 프리울리베네치아줄리아 지방의 일부
지역에서 그 지역 품종과 프로세코를 생산하는 독특한
방식으로만 생산할 수 있고, 국내에서 프로세코에 비해
덜 알려진 이탈리아의 또 하나의 유명한 스푸만테는
프란챠코르타Franciacorta다. 프란챠코르타 역시
룸바르디아의 브레시아와 이세오 호수 지방 사이에
집중되어 있는 수많은 포도원에서만 전통적인 방식으로
만들어지고 있다. 즉, 모든 프로세코와 프란챠코르타는
스푸만테지만, 모든 스푸만테가 프로세코나 프란챠코르타가
될 수는 없다.

이탈리아 주류회사 보테가BOTTEGA에서 프로세코 홍보를 위해서 이탈리아는 물론 해외의 크고 작은 행사에 주로 팝업 스토어 형태로 프로세코 바Prosecco Bar를 운영하고 있다.

이탈리아 베네토 지방에 가면 캐주얼한 와인 바가 많은데 이름이 'Proseccheria'(프로세케리아)이다. 즉, 프로세코 전문점이라고 직역할 수 있는 이 바에선 수많은 종류의 프로세코와 함께 곁들임 프로세코 안주(?)들을 먹을 수 있다. 프로세케리아에선 프로세코에 과일청(복숭아, 딸기 등)을 타거나 식욕을 돋는 용으로 아페롤, 네그로니, 캄파리, 진 등과 함께 칵테일로 만들어 마신다.

스파클링 와인이라고 다 같은 스파클링은 아니다. 샴페인과 프로세코를 비교하는 것은 샴페인에게 매우 실례가 될지도 모른다. 이탈리아에서도 고급스럽고 우아하다는 표현을 할 때는 "마치 샴페인과 같다"라고 하고, 프로세코는 상대적으로 저렴하여 가성비 좋고 가벼운 식전주로 인식되어 있다. 최근엔 이런 장점을 극대화하여 프로세코의 청량감, 칵테일로의 변신 가능, 프로세코에 곁들이는 음식 개발 등으로 해외 젊은 층을 타깃으로 모던한 프로세코 바가 성행 중이다.

이탈리아 스푸만테에 대해 다 설명하고 나니 역시 어렵다. 다 필요 없고 대신 기포가 있는 와인을 보고 무조건 샴페인이라고 하지만 말았으면 한다. "이탈리아 스파클링 와인 종류는 뭐가 있나요?" 대신 "스푸만테 종류는 뭐가 있나요?"라고 한번 해 보자.

한국에 제법 많은 종류의 프로세코가 들어와 있다. 부담스럽지 않은 가격이니 한 병 사서 냉장고에서 충분히 칠링하여 아무 글라스에 담아 시원하게 마셔 보길 권한다. 프로세코의 와인 잔으로는 샴페인 잔 보다는 보통 화이트 글라스에 마시는 걸 선호한다. 와인글라스가 집에 없어도 걱정 없다! 맥주잔에 마치 맥주를 따라 마시듯 시원하게 원 샷 가능한 와인이다.

내가 가장 좋아하는 와인
Barbaresco

수분에 따른 수확 시기를 설명하다 보니 앞서 소개한 피에몬테의 바롤로와 바르바레스코 와인에 대해 멋진 이야기를 하나 소개한다. 두 와인의 품종은 이 지역 토착 품종인 네비올로Nebbiolo다. 네비올로란 포도 품종 이름은 '안개'라는 뜻에서 유래했다. 강수량이 적은 이 지역의 네비올로는 새벽안개로 생긴 아침이슬만 먹고 자라며 그 포도로 만든 와인이라고 하니 진정한 '참이슬'이다.

포도나무에는 잔인할 정도로 강수량이 적어 고통을 주는 것이 최고의 포도를 만들어 낸다. 최소한의 수분으로

바르바레스코 타워가 있는
바르바레스코 마을(상)과
멀리 타워가 보이는
바르바레스코 포도밭(하)

고통을 주면, 포도나무는 어떻게든 포도에 수분과 영양을
공급하기 위해서 땅속 깊이 뿌리를 내린다. 이런 과정에서
탄생한 포도로 만든 와인이 있는데, 그래서인지 이슬만
먹고 자란 바르바레스코의 사삐도*한 맛은 언제 어느
메이커의 와인을 마셔 봐도 실망한 적이 단 한 번도 없다.

나는 모든 와인을 좋아한다. 하지만 아직 못 마셔 본 와인이
더 많고 이는 죽을 때까지도 마찬가지일 게 분명하다. 오늘
당신이 마신 와인이 최고였다면 당신에게는 바로 그 와인이
바르바레스코가 아니겠는가! 와인 공부할 시간에 (지금 읽고
있는 이 책도 덮어 버리고) 지금 당장 나가서 와인 하나라도 더
마셔 보고 내가 가장 좋아하는 와인을 찾아보자. 평생토록!

---

*

사삐도 sapido: 와인에 풍미를 주는 비밀.
와인의 풍미는 와인에 존재하는 유기 및 무기 물질의 미네랄염 때문인데 사삐도란
표현은 마치 미각으로 구분되는 단맛, 짠맛, 신맛, 쓴맛의 4가지 맛에 이어 나중에
밝혀진 감칠맛과도 같다. 바르바레스코의 사삐도는 최고라고 할 수 있다.

PART 3

먹고 사랑하고
노래하고 소화해라

: 와인과 이탈리아 음식 이야기

Il vino è come l'amore: scalda la testa e il cuore

와인은 사랑과 같이 머리와 가슴을 따듯하게 해준다

미식을 위해 은퇴한 음악가,
로시니

"먹고 사랑하고 노래하고 소화해라Mangiare, amare, cantare

e digerire. 사실 이 네 가지 요소는 샴페인을 따면 거품이

흘러넘치고 순식간에 사라지는 게, 마치 '인생'이라는

가벼운 내용의 희극적 오페라, 즉 부파Buffa*의 4막과 같다."

　　　　　　　　　　　　　　—로시니Gioacchino Antonio Rossini

이탈리아의 위대한 작곡가이자 미식가인 로시니가 한

말이다. 최고의 작품들을 남기고 비교적 젊은 나이에 돌연

*
가볍고 익살스러운 내용의 희극적인 이탈리아 오페라

은퇴한 이유가 바로 미식에 집중하기 위해서였다. 당시나 지금이나 많은 사람이 허망해할 정도로 어이없는 은퇴 사유라 생각할지 모르겠지만 로시니는 한마디로 그냥 '위대한 천재 미식가'였다.

작곡가로 활동할 당시에도 그는 이미 와인을 직접 담그거나 멀리서 구하기 힘든 식재료를 공수해 와 각종 요리를 개발하여 사람들에게 직접 대접해 왔다고 한다. 뭐 이 정도면 작곡 활동은 취미고 요리가 본업이 아니었는지 의심이 들 정도다. 은퇴한 로시니는 여생을 프랑스 파리의 수많은 레스토랑을 돌며 미식을 즐기고, 셰프들에게 음식에 대한 조언도 아끼지 않으며, 요리를 개발하며 보냈다고 한다.

동시대에 살았더라면 꼭 만나보고 싶은 인물이다. 그의 훌륭한 작품들 때문이 아닌 그의 미식 세계를 함께 경험해 보고 싶어서다. 내가 만나본 이탈리아의 예술가들은 오늘날에도 하나같이 모두 미식가라는 공통점을 갖고 있다. 대부분 본업이 무엇인지 헷갈릴 정도로 식재에 대한 깊은 지식을 갖추고 요리도 잘하며 와인에 대한 철학과 열정을 갖고 있었다.

먹고 마시는 데 진심인
F&B 전문가, 다빈치

예술가이면서 미식가인 로시니보다 한 수 위인 인물이 또
한 명 있다. 바로 나의 인생에 큰 영감을 준 가장 존경하는
위인 레오나르도 다 빈치Leonardo da Vinci!

다빈치는 우리가 다 알고 있듯 천재 화가이자 건축가이고
음악가이면서, 해부학 등의 의학과 과학 아니 모든 분야의
천재다. 인류 역사상 문화 예술 분야에 지대한 영향을 준
최고의 인물이기도 하다. 그런데 막상 그의 직업이었다고
딱 끄집어낼 수 있는 건 단 하나, 오늘날 호텔 F&B 총괄
또는 총주방장, 연회장 매니저, 요리 연구가, 소믈리에 등의
직업을 합해 놓은 것이었다. 다빈치는 와인과 풍요로운

음식이 무한으로 제공되는 조건에서만 간혹 그림을
그렸다는 기록도 있다. 다빈치의 대표작인 '최후의 만찬'을
밀라노 유학 시절 처음으로 직접 봤다. 벽화가 있는 산타
마리아 델레 그라치에Santa Maria delle Grazie 성당은 학교에서
걸어갈 수 있는 거리여서 기회만 되면 달려가 한참을
감상하곤 했다. (지금은 예약을 위해 한 달을 기다려야 한다.) 내가
작품에서 가장 흥미롭게 봤던 부분은 테이블 위 지저분하게
놓인 빵 부스러기와 먹다 남은 음식, 그리고 와인이었다.

정말 다빈치에게 직접 물어보고 싶었다. 왜 무슨 생각으로
성경에 나와 있는 가장 중요한 역사적 장면을 그렇게
그렸냐고. 분명 무슨 사연이 있을 텐데 정말 궁금했다.
벽화를 의뢰한 밀라노 공작 루도비코 스포르차Ludovico
Sforza에게 벽화 작업 완성에 대한 조건으로 매일 와인을
제공받은 것으로 기록되어 있다. 그 와인의 품질이 좋아
일부러 '최후의 만찬'을 천천히 그렸다는 일화도 있다.
완성된 벽화에 만족한 공작은 다빈치에게 (다빈치가 가장
좋아하는 것이 와인임을 알고) 아름다운 포도원을 선물한다.
음식과 와인에 진심이었고 오래 즐기기 위해 그림을 일부러
오랫동안 그렸다는 일화는 따로 확대해서 복원한 그림들로
엿볼 수도 있다.

레오나르도 다빈치의 대표작인 '최후의 만찬'(상)과 그림 속 음식과 와인(하)

밀라노에 있는 레오나르도 다빈치의 포도원

라스페치아 등대와 통후추 그라인더. 최초의 모델에는 등대의 창문도 있었다.

다빈치는 오늘날 레스토랑 사업의 초석을 닦아 놓은
인물이기도 하다. 주방 관련 발명품만 해도 너무 많아
헤아리기조차 힘들 정도라 한다. 그중 최고의 발명품 세
가지만 소개한다. 요즘도 식당에 가면 볼 수 있는 통후추가
담긴 기다란 침대 다리같이 생긴 그라인더! 일일이 빻거나
미리 빻지 않고 식탁에서 바로 통후추를 갈아 넣을 수 있는
그라인더를 개발해 낸 사람이 바로 다빈치다. 제노바와
가까운 라스페치아 항구에서 휴가를 즐기던 다빈치가
등대의 모양을 보고 디자인한 것으로 기록되어 있다.

두 번째로는 테이블 냅킨과 냅킨을 접는 방법!
당시엔 테이블보 자락을 들어 입을 닦곤 했는데 이를

1941년 다빈치가 발명한 테이블 냅킨이 최초로 밀라노 만찬에서 선보이는 장면을 안드라 스테파니아 가투가 그린 그림(좌) 오늘날까지도 다빈치가 발명한 냅킨 접는 방식을 그대로 쓰고 있다.(우)

위생적이지 않다고 생각한 다빈치는 테이블보와 같은 천으로 개인이 하나씩 따로 쓸 수 있게 잘라서 준비해 놨다. 눈에 잘 띄지도 않은 천을 사람들이 사용할 생각조차 안 하자 다빈치는 포기하지 않고 화려하고 입체적인 모양으로 접어서 자리마다 하나씩 세팅해 놓는 것을 생각해 냈다. 테이블 냅킨을 접는 방법은 여러 가지이지만, 여전히 많은 레스토랑에서는 다빈치가 고안한 모양 그대로 접어서 올려놓고 있다.

끝으로는 다름 아닌 포크!
스파게티와 스파게티 조리법을 개발한 사람도 다빈치다. 하지만 당시에는 스파게티를 먹을 수 있는 이렇다 할 도구가 없었다. 이전에 존재해 오던 음식을 찍어내거나 고정하기 위해서 사용하는 포크는 말하자면 2지창이었다. 기름을 먹은 스파게티는 그 어느 도구로도 먹기 힘들었다. 본인의 야심작 스파게티(당시엔 '먹는 끈'이란 뜻의 '스파고 만지아빌레spago mangiabile'라고 부름)를 다들 먹기 힘들어하자, 다빈치가 마침내 생각해 낸 것이 오늘날의 포크다. 2지창이 아닌 4지창 포크! 4개의 창과 그 간격은 스파게티를 사이사이에 끼워서 돌돌돌 말아 입까지 흘러내리지 않고 잘 도착할 수 있도록 고안되었다. 대단하지 않은가! 정말 이탈리아의 천재 예술가들은 먹고 마시는 일에 진심이었다!

포크 질 잘하는
이탈리아 사람들

수십 년 동안 이탈리아 어느 지방, 어느 집을 가 봐도
스파게티 먹을 때 포크와 스푼을 같이 쓰는 걸 보질
못했다. 미국 영화 속 스파게티를 먹는 장면이나 다른 유럽
국가에선 스푼으로 받치고 그 위에서 포크로 떠 올린
스파게티를 우아하게(?) 돌돌 마는 장면을 많이 볼 수 있다.
이래야 우아하다고 생각하는 나라 사람들(미국, 프랑스, 영국
등)이 대부분 스푼을 같이 사용하는 것 같다. 어느 것이
맞고 틀리냐는 미국에서도 논쟁이 되곤 한다고 들었다.
음식 먹는 데 '틀리다, 맞다'로 접근하는 건 좀 피곤하지만
그래도 관심을 두고 몇 가지 사실과 그 이유를 살펴보면

스푼을 사용해서 스파게티를 돌돌 말은 모양과 포크 하나로 말은 모양

좋겠다. 우선, 이탈리아에선 어린아이가 포크 질(우리가
젓가락질 잘하는 것과 별반 다르지 않음)이 서툴다 싶으면, 어른은
아이에게 스푼을 같이 쓰겠냐고 물어본다. 그러면 아이는
대부분 자존심 상해하며 스푼은 필요 없다고 말한다.
부모도 무턱대고 스푼을 사용하라 하지는 않는다. 능숙한
이탈리안 포크 질은 조기교육이 중요하기 때문이라고나

할까?

테이블에 기물이 많은 연회나 만찬 자리에선 이탈리아
사람들도 식사 예절을 지키는 데 익숙하지 않기는
마찬가지다. 그들도 우리처럼 '물은 오른쪽 빵은 왼쪽이 내
것이고, 기물은 바깥부터 안쪽 순으로 쓰고, 빵은 빵 접시에
놓고 절대 뒤집어 놓지 않는다…….' 등등을 어색해하며
교육받기도 한다.
양식을 먹을 때의 예절이 아닌, 자리에 따른 예절이라고
이해하면 되겠다. 스파게티를 먹을 때 포크만으로도
충분한지 아니면 스푼의 도움을 받아야 하는지는 식사
예절과는 거리가 있다. 이탈리아스러움의 하나일 뿐이다!
혹시 이탈리아 사람이 스파게티 먹는 방법을 알려 주는데
스푼을 사용했다면 그건 아마 자전거를 처음 배울 때 보조
바퀴를 양쪽에 달고 뒤에서 잡아 주는 친절함 정도로
이해하면 될 것 같다. 처음부터 이탈리아 사람들처럼
스파게티를 포크 하나로 한 번에 적당한 크기로 돌돌돌
마는 건 생각보다 쉽지 않기 때문이다.

포크를 사용하기 시작한 고대 때엔 두 갈래, 그리고
포세이돈의 삼지창은 세 갈래, 그러다가 지금 포크의

가장 기본이 되는 네 갈래4 Rebbi 포크는 이탈리아에서 스파게티를 위해서 만들어진 지 오래다. 마르코 폴로가 중국에서 들여온 국수를 다빈치가 연구 끝에 오늘날 스파게티와 같은 요리법으로 만들었으나 손으로 먹기 불편해서 착안해 낸 것이다. 훗날 나폴리 사람들이 스파게티 대중화를 위해 휘어진 각도를 만들고 모양을 다듬어서 오늘날의 형태로 포크가 널리 퍼지게 되었다. 이러한 이야기들이 이탈리아 사람들에게는 포크에 대한 대단한 자부심을 주기에 충분하다고 본다. 그야말로 포크 부심이다!

보통 스파게티가 담겨 나오는 그릇을 보면 움푹 둥글린 면이 있다. 스푼이 포크에 걸려있는 스파게티를 돌돌 말기 위한 받침 역할을 하는 것이라면, 스푼 없이 바로 이 부분을 사용하면 충분하다. (포크의 네 갈래 사이에 한 입 분량의 스파게티를 잡고 엄지, 검지, 중지를 사용해 포크를 돌리면서 그릇의 옆면까지 끌고 가 잡혀 있는 스파게티 면이 모두 포크를 휘감을 수 있게 해야 한다.) 그래서 스파게티는 납작한 접시에 담겨 나오지 않는다.

리소토도 포크로만 먹는데 이는 반대로 찰진 리소토를 납작한 접시에 고르게 펴서 떠먹기 위함이다. 리소토를 다 먹은 후 접시에 남은 리소토(익은 쌀알들)는 포크의 등 쪽으로

리소토 역시 포크 하나면 충분하다. (이탈리아 일반 가정집 식탁의 모습)

눌러 으깨서(스푼은 둥글린 면 때문에 적합하지 않음) 포크에
붙어 나오는 리소토를 먹는데 이런 방법 역시
포크 질의 정석이라 할 수 있다. 리소토는 쌀로 만든
요리지만 밥은 아니다. 반가운 마음에 숟가락을 들게
된다면 먹기도 불편할 뿐 아니라 폼도 나지 않으니
참고하기를 바란다.

스파게티 접시가 포크 질을 하기에 충분히 둥글리지 않거나
홍합이나 조개 등 포크로만 먹기 힘들 때 스푼을 사용하고,
아직 포크 질이 이탈리아 사람들처럼 능숙하지 않다면
그럴 때는 스푼을 같이 사용할 수 있다. 다만, 레스토랑에서
스파게티를 먹을 때 포크만 세팅해 줬다고 해서 "여기
스푼 안 주나요?"하며 마치 레스토랑에서 실수라도 한 듯
따지는 일은 적어도 오늘부터는 하지 않기로!

섞지 말고 매칭!

와인 페어링에는 정답이 없다. 그런데도 많은 국내외 와인 전문가가 와인 페어링에 대한 이론을 끊임없이 친절하게 알려 준다. 올바른 '와인-음식 페어링'이야말로 이론으로는 안 된다고 본다. 직접 마셔 보고 먹어 보는 오랜 경험을 쌓고 난 뒤, 본능적으로 찾게 되는 궁합이었으면 한다. 그래도 가장 기본적인 이론이라도 알려 달라고 한다면……, 아니다 와인-음식 페어링은 인터넷 검색만 해도 친절하게 설명되어 있으니 여기서는 생략하기로 하자.

친구가 술이나 한 잔 하자면서 자취생의 자취방에 소주를 사 가지고 온다. 안주는 감자튀김. 자취생은 다짜고짜 화를 낸다. "야! 소주랑 감자튀김이 어울리냐?" 친구는 "너 전에 술 마시면서 감자튀김이랑 치킨 먹는 거 좋아한다고 해서……." "그건 인마 맥주 마실 때 말한 거고! 그냥 새우깡이나 사 오지……." 이 자취생은 소주, 맥주 주종에 따라 안주에 관해 공부한 건 분명 아닐 것이다. 그냥 마시다 보면 자연스레 쌓이는 경험에서 나오는 소주-안주 또는 맥주-안주 페어링 노하우다.

와인 페어링은 '와인 마리아주'라고도 한다. 우리가 '음식 궁합'이라고 표현하는 것과 같은 맥락이다. 와인 애호가나 전문가들은 오롯이 와인만 즐기기도 하지만, 대부분의 이탈리아 와인은 '음식을 위한 와인'이라고 해도 과언이 아니다. 나는 가끔 이런 이탈리아 와인을 영화로 치자면 주연을 빛나게 해주는 조연이라고 표현한다. 세계 최고의 조연상은 이탈리아 와인이 죄다 휩쓸 거라고! 수많은 종류의 음식과 궁합이 잘 맞는 다양한 이탈리아의 와인들이 있다. 하지만 치킨과 소주의 궁합을 좋아하는 사람도 없지 않듯, 그저 오랜 세월 자연스레 와인과 음식 궁합의 경험을 내 것으로 만들어 가는 점이 중요하다.

커플의 궁합은 같은 성격이어야 잘 어울린다고도 하고,
상반되는 성격이어야 오래 산다고도 하듯 정답이 없다.
그러다 끝이 안 좋으면 단 한마디 '성격 차이'라고 해
버리곤 헤어질 결심을 하지 않나! 중매결혼보다 연애결혼을
선호한다면 일단 같이 살아 보는 것도 좋은 방법 아닐까?

자꾸 이야기가 이상한 방향으로 흐르는 듯하니 다시
와인으로 돌아와서, 경험에 의한 개인적인 와인 궁합 몇
가지를 소개해 본다. 단, 다음을 페어링의 원칙이라고
외우지 말 것을 당부한다.

① 짠맛과 감칠맛 페어링

바다의 감칠맛이 나는 음식엔 이왕이면 상큼하고 스위트한 와인
궁합을 추천한다. 예를 들어 안초비와 모스카토 그야말로 단짠단짠의
끝판왕이다.

② 화이트 와인엔 치즈

흔히들 '와인엔 치즈'라고 하지만 이제부턴 '화이트 와인엔 치즈'라고
하자. 수많은 치즈 종류가 있지만 그중 80~90%는 화이트 와인과 잘
맞고, 레드 와인과의 궁합은 글쎄 적어도 내겐 맛없다.

③ 튀김엔 스파클링 와인

튀긴 음식에는 스파클링 와인이 잘 맞는다. 그래서 맥주도 튀김과 잘
어울리는 건가?

④ 한식과 어울리는 와인은 없다

찌개와 국, 여러 가지 반찬을 함께 먹는 밥상에 와인 마리아주는 큰
의미가 없다고 하는 게 맞다. 한국 음식 중에서도 조미료, 향신료,
갖은양념을 넣지 않은 한식과의 마리아주는 예외로. 어쩌다 뷔페에
가면 테이블에 추천 와인이 있는데 그건 마리아주와는 상관없는 아니
전혀 의미 없는 것이다.

⑤ 조리 방법이나 소스에 따라 달라지는 마리아주

조리 방법이나 소스에 따라 와인을 고른다. '소고기엔 레드 와인!'
이란 공식(?)이 있지만 소고기라도 굽지 않고 육회로 시원한 배와 같이
먹을 땐 피노 그리지오Pinot Grigio처럼 배 맛이 나는 화이트 와인이
어울린다.

⑥ 스테이크와 페어링

스테이크엔 당연히 레드 와인이라고 알고 있지만 티본스테이크의
원조인 이탈리아 피렌체의 비스테카 피오렌티나 스테이크는
전통적으로 레어 그것도 겉 표면만 그을린 후 레몬을 뿌려 이른바
블루레어로 먹는다. 바로 이때 나는 프루티하고 시트러스한 화이트
와인을 매칭한다. 오래전 이탈리아 토스카나 지방에선 키안티 와인에
화이트 품종 와인을 섞어 마시기도 했었다.

⑦ **모를 땐 도전을!**

음식과 와인 모두 생소한 것들뿐일 때는 '모르면 3번!' 하는 식으로 찍지 말고 음식과 비슷한 컬러의 와인으로 맞춰 보는 것도 재미있는 도전이다. 예를 들어 핑크색 연어구이와 핑크빛 로제 와인을 페어링해 보자.

전문가가 권해 주는 와인 마리아주는 그 자리에서 바로 경험치를 한층 올릴 좋은 기회로 받아들이되 그걸 와인 마리아주의 이론으로 외우진 말자. 와인과 음식의 궁합은 극히 주관적이다. 단, 와인과 음식의 캐릭터를 섞는 것이 아닌 조화롭게 하는 것이라는 점만 염두하고 설레는 도전을 계속 이어 나가길 바란다.

파스타 하나면 충분해!

파스타 에 바스타Pasta e Basta는 '파스타로 끝!' '파스타 하나면 충분해!' 라는 뜻의 이탈리아 말이다. 파스타 외엔 다른 음식이 없어도 충분하다는 의미를 담고 있다. 2002년 월드컵 때 이탈리아 대표 선수단과 함께 입국한 셰프들이 식재료들을 챙겨온 모습이 보도됐었다. 외국 선수단을 위해 모든 것을 완벽하게 준비한 우리로서는 기분이 좋을 리 없었다. 언론과 여론이 곱지 않은 시선으로 보고 있을 때 '도대체 얼마나 대단한 음식을 해 먹나?' 하고 봤더니 다름 아닌 파스타! 그것도 속된 말로 건더기 하나 없는 토마토소스 파스타가 대부분이었다.

'한국 사람은 밥심으로 산다'라는 우리 말과 비슷한
뉘앙스를 풍겼다. 특히 타지에 나가 있을 때 밥 생각이
더 간절하듯 대단한 요리보단 갓 지은 흰 쌀밥에 버터를
올려 녹이고 위에 간장 조금 달걀 탁! 식당에서 메뉴로
선보이기에는 너무 평범해서 애매한 이런 밥을 가장 먹고
싶어지는 법!

월드컵 일정 내내 (16강에서 안정환 선수가 그들을 본국으로 돌려보내기
전까지) 심리적인 면에서 가장 단순하고 친숙한 토마토소스
스파게티가 매일 제공됐다고 한다. 평창 올림픽 때도
이탈리아 선수단은 월드컵 때와 마찬가지로 이탈리아
셰프들과 식재료는 물론 와인까지도 모두 이탈리아에서
공수해 오고 그것도 모자라 한국에 있는 이탈리아 셰프의
도움까지 받았다. 내 친구 파올로가 당연히 출동했었다.
파올로에 의하면 그들이 공수해 온 와인은 역시 특별히
비싸다거나 고급 와인이 아닌 가장 평범한 키안티 수준의
와인들이었다고 한다.

가장 심플한 이탈리아 음식이 한국에서 아니 이탈리아 밖
전 세계 어디에서도 찾아보기 힘든 거 보면 가장 심플한
음식이 가장 어려운 게 아닌가 싶다.

Il Ristorante, Il Bistro, L'Osteria, La Trattoria, 그리고 La Pizzeria

우리 음식점에서 신선로, 구절판, 갈비찜을 먹으면서
막국수와 김밥을 찾지 않듯이, 고급 초밥집에서 같은 일본
음식이라고 해서 가츠동이나 라멘을 내거나 찾지 않는
법! 이탈리아 음식에도 이런 구분이 필요하다. 그런데
우리나라에 있는 대부분의 이탈리안 레스토랑에선 피자를
판다. 피자 전문점에서 한두 가지 파스타를 파는 건 있을
수 있지만 레스토랑에서 피자를 파는 건 영 부자연스럽다.
이건 이탈리아가 아닌 미국이나 일본을 통해서 들어온
이탈리아스럽지 않은 이탈리아 음식 문화다.
그래도 '내가 먹고 싶은 게 중요하지!' 하면서 사람들은

항상 피자와 파스타를 함께 먹는다. 그것도 일행이 "난 마르게리타 피자 먹을래!" 하면 바로 "아. 그럼 난 파스타 해야겠다!" 하고는 음식이 나오면 "가운데 놔 주세요."라고 하고 나눠 먹는 게 우리나라 이탈리안 레스토랑에서 흔히 보는 풍경이다. '틀렸다, 그러면 안 된다'라는 얘기가 아니다. 다만 안타까운 마음에 제대로 알려 주고자 한다.

우선, 피자와 파스타를 함께 먹는 건, 마치 비빔밥과 김밥을 함께 먹는 것과 같다. 외국인이 한국 여행 중 그런 식으로 먹는다면 옆에서 보고만 있을 것인가? 거기다 식전 빵까지 나온다면 이건 뭐 밀가루, 밀가루, 밀가루를 모양만 다르게 해서 연거푸 먹는 것이니 얼마나 부담스러운가?

그리고 또 하나, 가운데 놓고 다 같이 조금씩 이것저것 먹는 건 한식을 먹는 것이고, 이탈리아식 식사를 할 때는 개인 플레이트 위주로 식사를 이어 가길 바란다. 물론 일행의 음식을 맛보고 싶다면 얼마든지 조금 따로 덜어서 먹으면 된다. 하지만 파스타, 샐러드, 피자, 스테이크 등을 한 상 가득 차려 놓고 이것저것 먹는다면 '맛있게 잘 먹었다'보단 '배부르게 잘 먹었다' 밖에는 안 될 것 같다. 이렇게 먹으면 도대체 무엇을 먹었는지 먹고 난 여운이 왜곡되고 만다. 음식은 먹을 때의 만족도 중요하지만, 먹고 난 후 여운에서

오는 만족도가 더 중요하다. 집에 돌아가는 길에 "아~ 오늘 먹은 카르보나라 스파게티가 계속 생각나네!" 여기까지가 미식의 완성이다.

한국에선 구분 없이 운영되지만, 이탈리아의 경우 식당이 어떻게 구분되는지 다음을 참고해 보자.

리스토란테

프랑스에서 들어온 레스토랑이다. 큰 의미로 모든 식당을 가리키는 말도 되며, 리스토란테 피체리아Ristorante Pizzeria라고 하면 피자도 파는 식당이라는 뜻도 된다.

식당보단 카페에 가까운 느낌의 비스트로(좌) 리스토란테 옆에 피체리아와 그릴리에리아라고 쓰여 있다. 피자와 그릴을 이용한 스테이크를 주메뉴로 하는 식당임을 알 수 있다.(우)

비스트로

역시 프랑스에서 들어온 문화다. 와인과 안주를 먹을
수 있는 곳으로 작고 아담한 카페라고 볼 수 있다.
리스토란테와 비스트로는 간혹 비교되는데 리스토란테가
정중한 서비스와 이에 맞는 각종 기물을 사용한다고 본다면
비스트로는 캐주얼한 식당으로 생각하면 된다.

오스테리아

전통적인 의미에선 선술집이다. 소박한 분위기에 지역
와인과 약간의 음식, 말하자면 와인 안주 같은 것을 파는
곳이었으나 가격은 소박하지 않을 수 있으니 주의하자!

풀리아 식당이란 뜻으로 쓰인 풀리아식 오스테리아(좌) 오래된 식당임을
강조한 앤틱 오스테리아(우)

트라토리아

'손님을 맞아 음식을 준비하는 곳'이란 뜻의 트라토리아는
전통적인 의미에선 그 지역 음식을 소박하게 파는 곳이다.
역시 와인을 함께 제공하기 때문에 최근에는 오스테리아와
구분하는 의미가 없어졌다. 음식을 파는 곳에서 와인을
마실 수 있는 곳과 와인을 마시는 곳에서 무언가를 곁들여
먹을 수 있는 곳이니 결국은 같아진 거라고 볼 수 있다.

오늘날 리스토란테, 비스트로, 오스테리아, 트라토리아가
혼재되어 쓰이는 이유는 각각의 식당 개념이 역사와 지역
그 시기의 유행이 다름에도 지금까지 공존하고 있는
이유다. 한마디로 주인장이 보여주고자 하는 콘셉트에
따라 쓰인다고 볼 수밖에 없다. 하지만 피체리아는 좀 다른
개념이다. 커피전문점을 카페테리아Caffeteria, 케이크나
페이스트리를 파는 전문점을 파티세리아Pasticceria라고
하는 것과 같이 뭐뭐~eria라고 붙으면 전문점이 된다.

피체리아

말 그대로 피자 전문점이다. 피자만 판다. 한두 종류의
파스타를 만들어 파는 곳도 있지만 대부분 피체리아에선
피자만 먹는다.

이탈리아 어느 마트에서도 쉽게 찾을 수 있는 페로니와 비라 모레티(상)
부녀가 피자를 그것도 같은 종류의 피자를 주문해 먹는 1인 1 피자!(하)

한국과 이탈리아 외 다른 나라에서 파스타나 이탈리아
요리를 먹고 싶다면 트라토리아나 오스테리아라는 간판을
보고 들어가자. 만약 이탈리아 피자를 먹고 싶다면 이 두
곳은 패스. 피체리아를 찾을 것을 추천한다. 그러고 보니
모든 식당에는 와인이 어울리고, 피자집에선 역시 맥주가
어울린다. '피맥'은 진리인가 보다.

이탈리아 와인에 가려져 빛을 많이 보지 못하는 이탈리아
맥주지만 이탈리아뿐 아니라 전 세계 70개국 이상으로
수출되고 최근 우리나라에서도 많이 보이기 시작했다.
가장 많이 팔리는 이탈리아 맥주로는 페로니Peroni,
나스트로Nastro, 아주로Azzurro 그리고 내가 제일 좋아하는
비라 모레티Birra Moretti가 있다.

이탈리아 특히 나폴리 피자는 당연히 1인 1 피자로 먹고
커팅이 안 되어 나온다. 주문한 사람이 포크나 나이프로
마음대로 잘라 먹는다. '함께 즐겨요 피자헛~'과 같이
여러 조각으로 커팅되어 나와 여럿이 나눠 먹는 건 미국식
피자다.

이탈리아 음식이 아닌
이탈리아 음식

우리나라 사람들이 가지고 있는 이탈리아 음식에 대한
오해가 많다. 그중 첫째는 '이탈리아 사람들도 우리처럼
마늘을 많이 먹는다.'라는 오해다. 서양 사람이 마늘을
먹다니 반가움에서인지 이 오해는 우리나라에 있는
이탈리안 음식에 큰 영향을 미쳤다.

그 대표적인 예로 우리나라 사람들이 가장 좋아하는
이탈리아 파스타 '알리오 올리오Aglio e Olio'가 있다. 마늘과
올리브 오일로 기름을 내어 파스타를 볶아내면서 그 위에
저민 마늘 혹은 통마늘을 그대로 구워내어 수북하게
올린다. 적어도 내가 아는 이탈리아 친구들은 모두

기절한다. '이게 다 마늘은 아니겠지……?' 하는 공포스러운 표정으로!

이탈리아 음식은 다른 서양 음식에 비해 마늘을 좀 쓸 뿐이지, 생마늘을 쌈장에 찍어서 먹는 우리 식과는 거리가 멀다. 대부분의 이탈리아 음식엔 마늘이 거의 안 들어가고 향을 우려내기 위해서 한두 쪽 쓰고 (보통은 딱 한 쪽) 그것도 타기 전에 얼른 꺼내 버린다. 그렇게 마늘 향만 있어도 '마늘이 들어간……'이라는 음식 이름이 붙는다. 그러니 메뉴판에서 Aglio라는 단어를 보고 반가운 마음에 주문하고 나서, "마늘은 어디에……?"라고 물어보지 말 것! 이탈리아 마늘은 한국 마늘보다 향이 훨씬 더 강하다. 단 한 쪽으로 향만 내어 그 향을 즐기는 것이 이탈리아 사람들의 마늘이 들어간 음식이란 것을 잊지 말자.

마늘처럼 '이탈리아 사람들은 고추를 많이 먹는다, 이탈리아 음식 중 매운 게 많다' 역시 오해다. (이탈리아 남부의 말린 고추로 만든 음식들이 있으나 대중적으로 자주 먹는 음식은 아니다.) 페페론치노라고 이탈리아 작은 고추를 간혹 넣는데 그 역시 극소량으로 얼큰한 맛보단 톡 쏘는 스파이시한 맛을 살짝 내기 위함이다. 파스타를 만들면서 마늘 10쪽 정도와 페페론치노를 마구 뿌려 먹는 파스타는 이제부터 한국 음식이라고 했으면 한다.

또 하나 '피클' 얘기를 빼놓을 수 없다. 드라마 〈파스타〉에서 배우 이선균이 연기한 셰프가 자신의 주방에서 설탕 범벅인 피클을 없애는 장면이 나온다. 이 이야기는 드라마 촬영 장소이기도 했던 보나세라 레스토랑에서 파올로와 나의 실제로 있었던 에피소드를 드라마 작가가 듣고 작품에 녹여 낸 것이다. 이렇듯 한국에선 '자장면에 단무지, 라면에 김치 그리고 파스타에 피클'은 무슨 법칙과도 같다. 라면에 김치는 염분 과다 섭취가 되어 부담스럽지만 여기선 이탈리아 음식에 관해서만 얘기하겠다.

우선, 우리가 흔히 보는 피클은 설탕 범벅에 시고 달기만 하다. 차갑게 제공되면 시원하다(?)고 느껴서인지 개운하다고들 하는데 개운한 것과는 거리가 있다. 그리고 이탈리아엔 피클이 없다. 아니 있다 해도 절대 파스타 맛을 망치는 피클은 함께 제공되지 않는다. 이탈리아 여행 중 파스타를 주문하고 피클을 달라고 한다면……, 그다음 벌어질 상황은 생각하기도 싫다. 이선균 배우가 시청률이 높았던 드라마를 통해서 전 국민에게 알려 줬는데도 여전히 파스타나 피자를 먹으면서 피클을 찾는 사람이 많다는 건, 일단 음식에 설탕이 들어가야 맛있다고 느끼는 안타깝기까지 한 잘못된 식문화 때문이라고 생각한다.

올리브오일과 와인

20여 년 전 와인의 포도 품종을 따지면서 와인을 마시기
시작할 때만 해도 이제 곧 올리브오일도 올리브 품종을
따져가며……라고 생각했지만, 예상은 크게 빗나갔다.
20년이 훌쩍 넘고도 한국 시장에서 올리브오일은 와인처럼
성장하지는 못했다. 매스컴에서 '올리브오일이 건강에
좋으니 아침 공복에 한 스푼 그냥 약처럼 먹으면 좋다'라고
하면 그다음 날 동이 날 정도로 올리브오일을 찾다가 금방
또 사그라지곤 한다.

반면, 세계에서 와인을 만드는 포도 품종이 가장 많은 것도

이탈리아이고 올리브오일을 만드는 올리브 품종이 가장
많은 것도 이탈리아이다. 개성이 강한 각 지역의 단일 품종
올리브오일부터 맛의 균형을 맞춘 블렌딩 올리브오일까지
그 종류는 와인의 종류만큼이나 많다. 국제 와인 협회
등에서 매년 와인을 평가하듯 이탈리아와 스페인의 국제
올리브오일 위원회에선 매년 엑스트라 버진 올리브오일
평가를 해오고 있다. 프랑스 보르도대학교의 연구에 따르면
올리브오일과 와인의 화학적 성분의 융합이 분명히 도움이
되며 특히, 레드 와인의 풍미를 향상시킨다는 결과도 있다.

올리브오일과 와인은 공통점이 많다. 둘 다 들판에서
얻은 열매로 만들고, 오랜 정성과 기술로 생산한다. 게다가
이탈리아에서는 올리브나무와 포도나무가 주로 같은
지역의 기후와 토양에서 함께 자라는 경우가 많다.
와인과 음식 페어링에서 올리브오일을 고려하지 않는
게 현실이지만, 와인과 올리브오일 페어링은 와인과
음식 페어링의 핵심 요소로 볼 수 있다. 우리에게
다소 생소하지만, 올리브오일과 와인 페어링에 대해서
예를 들어보자면, 흰 살코기나 생선에 샤르도네 또는
베르멘티노Vermentino와 같은 화이트 와인을 페어링할 때
자극적인 소스나 강한 양념이 곁들여지면 와인을 다시

임페리아Imperia에 있는 올리오 라이네리Olio Raineri 본사. 타지아스카Taggiasca
올리브오일과 올리브와 관련해 여러 제품을 생산하고 있다.

약 100년 전 올리브오일을 만들었던 곳을 그대로 보존하여
박물관으로 만들었다.(좌) 바로 옆에선 라이네리사의 현대식 올리브오일 공장이
바쁘게 돌아가고 있다.(우)

한번 생각해 봐야 한다. 생선이 갖고 있는 고유의 풍미를
위해선 가벼운 과일 향의 올리브오일이 완벽한 드레싱이
된다. 그리고 나서 이러한 섬세한 요리를 샤르도네 또는
베르멘티노와 같은 가벼운 와인과 페어링하는 것! 신선한
배가 있다면 역시 신선한 육회에 곁들여 먹거나 소고기
카르파초에 배를 곁들여 먹는다.
치즈와 배 조합 역시 훌륭하다. 잘린 풀, 아몬드 향과
뒷맛에는 신선한 배 향이 나는 올리브오일을 위 음식에
드레싱으로 뿌린 후 화이트 와인과 페어링하면

리구리아의 작은 항구도시 포르토피노에 있는 그로서리 샵에선 이 지역 올리브로
만든 올리브오일 여러 종류를 판매하고 있다.

와인 향이 풍부해진다. 리구리아 지방의 타지아스카
품종의 올리브오일은 열대과일 향의 힌트가 있어
피노 그리지오Pinot Grigio, 소비뇽 블랑Sauvignon
Blanc, 샤르도네, 모스카토 비앙코Moscato Bianco 및
게비르츠트라이너Gewurztraminer와 곁들이는 음식을 고려해
볼 수 있다.

난해한가? 와인 페어링도 어려운데 거기다 올리브오일까지
페어링을 생각해야 한다니! 이것 역시 외울 필요도 없고

공감을 못 해도 문제없다. 하고 싶은 얘기는 올리브오일은 분명 적어도 이탈리아 음식과 와인 마리아주의 중매자 역할을 한다는 점과 이탈리아 음식과 와인이 어울린다는 사실 속에는 그 음식에 그 지역 올리브오일을 사용했기 때문이란 것을 알아주길 바란다.

이탈리아 음식 문화를 이해하는 핵심이기도 하다.

이탈리아에만 없는
이탈리아 음식

이탈리아에만 있는 혹은 이탈리아에만 없는 음식들이 있다. 이탈리아 여행을 계획 중인 지인들이 내게 먹거리를 추천해 달라는 요청을 자주 해 온다. 와인 숍에서 "맛있는 와인 추천해 주세요."와 같이 나에게는 어려운 숙제이지만 매번 '이탈리아에서 찾으면 안 되는 이탈리아 음식'을 대신 알려 주면서 질문에 답을 은근슬쩍 피해 보기도 한다. (물론 나중엔 로컬 식당 몇 군데 정도는 알려 주기도 한다.)

페페로니 피자
이건 이름이 잘못된 경우다. 원래 살라미 피자인데 오래전 미국 TV 드라마에서 페페로니(고추)로 맛을 낸 살라미(소시지 종류) 피자를 이름이 길고 어렵다고 다 잘라내고 페페로니 피자라고 부른 데서 비롯됐다.

페투치네 알프레도

미국에서 어느 정도 살아 본 사람이라면 다 아는 이탈리아를 대표하는 가장 유명한 파스타 이름이다. 이탈리아 사람 알프레도가 부인을 위해서 만든 파스타라는 스토리는 사실이지만, 알프레도 동네 사람들이나 알아주는 정도의 이 파스타는 훗날 우연히 미국 할리우드 배우들 입에 오르기 시작했고 급기야 미국에서 최초로 'Fettuccine all'Alfredo' 레스토랑이 생기면서 유명해졌다. 이탈리아로 역수출된 파스타(?) 메뉴라고도 볼 수 있는데, 간혹 이탈리아 식당에서 이 페투치네 알프레도를 본다면 분명 그건 너무 많은 미국인이 이 요리를 찾기 때문일 것이다.

이탈리안 드레싱

이런 이름의 드레싱은 레시피가 어떻든 이름도 드레싱도 존재하지 않는다. 이 역시 미국 회사에서 만들어 드레싱에 붙인 이름일 뿐이다.

페페로니 피자(상), 페투치네 알프레도(좌), 디즈니 만화 〈레이디와 트램프〉의
한 장면에 나오는 미트볼 스파게티(우)

미트볼 스파게티

페투치네 알프레도와 마찬가지로 미트볼 스파게티 역시
미국에서 들어온 파스타다. 미국으로 건너간 이탈리아
이주민들이 미트볼에 해당하는 고기 완자(따로 먹는 고기
요리)를 토마토소스 스파게티에 함께 넣고 만들어 팔기
시작했고, 1950년대 디즈니 만화 〈레이디와 트램프〉의
한 장면이 너무 유명해지면서 전 세계로 알려졌다.
하지만 막상 이탈리아에선 수많은 외국 관광객의 요청에도
불구하고 미트볼 스파게티는 거의 팔지 않는다. 모양은
다르지만, 대신 스파게티 볼로네제가 있기 때문이다!

갈릭 브레드

앞에서도 말했지만, 이탈리아 사람들은 마늘을 그렇게
좋아하지 않는다. 당연히 마늘빵은 가장 이탈리아적이지
않은 음식이다. 특히 식전 빵이나 곁들이는 빵에는 마늘은
고사하고 버터나 잼, 그 어느 것도 발라 먹지 않는다.

시저 샐러드

이 역시 1940년대 미국에 사는 이탈리아계 셰프 시저
카디니Cesare Cardini가 처음 소개했고 그의 이름을 따서
시저 샐러드가 되었다. 하지만 이탈리아로 들어오지도 못한

거 같다. 본 적이 없는데 아마 이탈리아에는 너무 맛있는 샐러드들이 많아서가 아닌가 생각해 본다.

더 많지만, 이 정도가 내가 알려 주고 싶은 반전 이탈리아 음식들이다. 쓰고 보니 대부분 이탈리아가 아닌 사실상 미국 음식들이다. 조각으로 커팅 되어 나온 페페로니 피자 위에 타바스코소스를 뿌려 먹는다면 당신은 그냥 미국 음식을 사랑하는 사람인 걸로!

미국 LA지역 한국 교민들이 갈비 부위를 통으로 해체하지 못하고 미국식 절단기로 잘라 먹을 수밖에 없어서 가로 방향으로 뼈 째 절단한 갈빗살로 갈비를 해 먹은 것에서 유래된 'LA갈비', 1960년대 이탈리아가 세계적으로 섬유와 원사 생산 1위 국가로 올라서 있을 때부터 한국에선 까칠한 표면의 천으로 때 수건을 만들기 위해 찾아낸 실이 이탈리아에서 수입된 것으로 만들어서 이름 붙여진 이탈리아에는 없는 때 수건 '이태리타월', 우리뿐 아니라 전 세계 사람들이 중국 전통 의상에서 착안한 '차이나 카라'를 유일하게 이탈리아 사람들만 콜로 코레아노Collo Coreano 즉, '코리아 카라'라고 부르는데, 그 이유는 일제 강점기 중고등학생 교복의 카라 모양을 스케치해 간

이탈리아 사람이 그렇게 이름을 붙여 이탈리아 디자인계에
전파해 줬기 때문이다. 이탈리아 패션 사전에도 나와 있다.
모두 이와 비슷한 재미난 오해들이란 생각이 든다.

아, 매우 중요한 것을 하나 빠뜨렸다. 이탈리아 그중에서도
나폴리 여행 계획이 있다면, 나폴리 어느 카페나
피체리아에서 아메리카노나 파인애플 피자는 입에 올리지
말 것을 당부한다. 진짜로 소리 지르고 막 화낸다. "어떻게
이런 구정물과 쓰레기를 먹는단 말이야?"란 소리를 듣게
된다.

상대적으로 국제화 되어 있는 밀라노는 이제 스타벅스도
들어와 있고 제3 국적의 식당이 많이 생겨나고 있다.
밀라노에서 수많은 햄버거집과 아메리카노를 테이크아웃
해가는 모습들 그리고 팬케이크를 파는 가게들을 보고
이탈리아도…… 라고 얘기한다면 곤란하다. 외국인들끼리
서로 구경한 경우다. 그런 면에서 밀라노는 예외로 해
둬야겠다.

치즈를 곁들인 생선구이

우리나라처럼 이탈리아도 삼면이 바다로 둘러싸인 반도
국가다. 당연히 각종 생선과 해산물 요리가 많다. 심플한

리구리아 해안 지방의 대표 와인인 베르멘티노 와인과 해산물 요리

생선요리는 생선 본연의 맛을 위한 조리법이 대부분이고,
양념은 올리브오일과 소금, 후추 그리고 레몬 정도가
대부분이다.
얼핏 이탈리아에서 생선구이를 먹을 때 생선을 치즈와 함께
먹을 것 같지만 절대 용납할 수 없는 조합이라는 사실!

와인과 치즈

이탈리아에는 약 487가지 종류의 치즈가 있으며 공식적인
이름을 갖고 있는 치즈 외에도 농가나 가정에서 소규모로
만들고 있는 치즈까지 더하면 종류는 더 많을 것이다. 와인
역시 이탈리아의 원산지 보호 지정을 받은 400개 이상의
와인과 내추럴 와인 포함 소규모로 실험적으로 만들어지고
있는 와인까지 모두 합하면 종류는 그 수를 훌쩍 넘는다.
이렇듯, 이탈리아의 와인과 치즈는 이탈리아 전 지역에서
그 종류의 수도 비슷하게 생산되고 있다.

남은 우유를 보존하는 과정에서 유래된 치즈와 남은

아로나시의 루이지 구판티Luigi Guffanti 1876 치즈 매장 모습과
지하에서 숙성 중인 수많은 치즈

포도를 담아둔 병 아래 고인 포도즙에서 유래된 와인.
그래서 와인과 치즈 모두 인류가 '발명'한 것이 아니고
'발견'했다는 말이 있다.
치즈 종류 중 발효와 오랜 숙성 과정을 거친 치즈일수록
레드 와인에, 숙성 과정이 짧을수록 화이트 와인에 가깝게
매칭되곤 한다. 와인을 마실 때 무슨 와인인지 따지지도
않고 무조건 "와인에는 치즈지!"라고 할 수 있지만 보통
한국에서 쉽게 구할 수 있는 치즈들은 보통 화이트 와인에
더 잘 어울린다고 볼 수 있고, 이탈리아에서는 같은 지역의

피에몬테 베르두노시의 카텔레(왕의 집이란 뜻을 가진 고급 식당) 코스에서 마지막으로
나오는 치즈 플레이트와 바르바레스코 와인. 앞쪽부터 말린 장미와 카프라
크림치즈, 야생 백리향의 카프라치즈, 부드러운 브라치즈, 큰머리 양 치즈,
양 치즈, 베르두노 블루치즈, 그라빠를 첨가한 여러 치즈를 발효시켜 만든
부르스치즈. 모두 이름까지 생소한 이 지역에서만 생산되는 치즈들이다.
오래 숙성되는 순으로 맛과 풍미가 점점 진해진다. 그러다 마지막 제일 센 놈을
먹은 다음 바르바레스코를 한 모금 마시면 미안하지만, 앞에 먹은 음식들이
기억에 안 남을 정도로 인상적이다.(좌)
치즈를 설명하는 직원도 어려웠는지 컨닝페이퍼를 준비해서 읽다가 나한테
딱 걸렸다. 내가 기념으로 달라고 해서 지금도 갖고 있다.(우)

와인과 치즈의 궁합을 매우 중요하게 생각하여 다른 지역
치즈와 와인을 같이 먹는 것을 부자연스럽게 생각한다.
와인에 비해 이탈리아 치즈는 한국에 아직 들어오지도
않았다고 할 수 있을 정도로 예전에 비해 늘기는 했지만

아직 빙산의 일각이다. 현실적이지 못한 얘기를 한 건가?
한국에서도 꼭 그렇게 먹어야 한다는 얘기는 아니었고
이탈리아의 와인과 치즈 궁합에 관해서 설명한 것뿐, 요즘엔
백화점 지하에 꽤 그럴싸한 규모로 수입 치즈 코너가
마련되어 있다.
지금부터라도 와인에는 치즈! 말고 ○○○와인과 치즈!
한 단계 더 나아가면 ○○○와인과 ○○○치즈! 이런 식으로
재미있게 자신만의 와인과 치즈 맛을 만들어 가 보자.

와인 종류만큼이나 복잡한
이탈리아 커피 메뉴

이탈리아 사람들은 커피를 '마신다'(drink)라는 말 대신
'취하다'(take)란 말을 주로 쓴다.

드링크의 바로 직전 동작인 테이크를 쓰는 이유는
간단하다. 아메리카노 커피처럼 롱 드링크가 아니라, 목
넘김이 짧아서 '마신다'라는 표현보단 입과 혀 그리고 코로
느껴지며 끝나 버리는 에스프레소가 커피의 기준이라서
자연스레 그런 표현을 쓰게 된다. 물론 이탈리아어
회화책에선 '마신다'의 의미인 'Bere' 동사를 쓰지만
실제 대화에선 그렇지 않은 경우가 더 많다. 이탈리아
친구들에게 이런 얘기를 하면 단 한 번도 생각해 본 적

서울의 편의점보다도 많은 에스프레소 바의 에스프레소와 스타벅스의 에스프레소 차이점이 있다면 스타벅스가 더 비싸고, 영어로 Coffee라고 하면 일반 바에서는 무조건 에스프레소를 주고 스타벅스에서는 에스프레소인지 아메리카노인지 확인해 본다는 점이 다르다.

없다면서, 그러고 보니 '마신다'라고 하지 않고 있었던 자신들을 발견하곤 한다.

이탈리아 커피의 기준은 당연히 에스프레소다. 이탈리아 사람들 사이에선 커피를 주문하거나 "커피 마셨어?"라고 물을 때 당연히 기본은 에스프레소이기 때문에 커피 즉, 'Caffe'라고만 한다. Caffe가 곧 Espresso다. '미국 사람들이 마시는 커피'라는 의미의 Caffe Americano

역시 '에스프레소를 미국 사람들처럼 물을 타서 연하게 마신다.'란 뜻의 메뉴 이름이다. (어딘가 살짝 비아냥거리는 듯한 뉘앙스가 분명히 느껴진다.)

마키아토는 Caffe Macchiato인지 Latte Macchiato인지 구분을 해줘야 한다. 왜냐면 마키아토란 '얼룩지게 하다'란 뜻으로 앞에 Caffe가 있으면 "에스프레소를 우유로 얼룩지게 해 주세요."라는 뜻의 메뉴가 되고, 반대로 Latte가 앞에 오면 "우유를 에스프레소로 얼룩지게 해 주세요."란 뜻의 커피 메뉴가 된다.

이밖에 모든 이탈리안 커피 이름은 바Bar에서 바리스타에게 손님이 본인의 커피 취향을 설명하면서 생겨난 이름들이다. 스타벅스가 최초로 이탈리안 커피 메뉴를 매뉴얼화하여 세계 시장에 내놓기 전까진 이탈리아 로컬 바에선 커피 메뉴 같은 건 찾아보기 힘들었다. 토리노의 어느 바에서 바리스타로 일할 때 가장 어려웠던 일이 바로 이 다양한 메뉴 때문이었다. 이른 아침 출근하는 사람들이 물밀듯 쉬지 않고 바에 들러 테이블에 앉지도 않고 바로 바에서 각자 취향대로 커피를 주문하고는 그 자리에서 홀짝 마시고 나가는데, 바로 그때 주문 요청 사항을 정확하면서도 빠르게 알아들어야 했으니 말이다.

에스프레소를 어떻게 마신다란
설명이 곧 커피 메뉴가 된다.
사람들은 똑같은 커피 메뉴를
주문하지 않고 "에스프레소를
더 짧게 끊어서 거품 없이
덥히기만 한 우유를 점 하나만
찍듯 조금만 넣어주세요."
보통 이런 식으로 주문하니
어떻게 그 많은 개인의
취향을 메뉴판으로 만들어서
운영한단 말인가!

풀리아 지방 어느 시골 마을의
바에서 이른 아침 바리스타가
카푸치노를 만들고 있다.

스타벅스가 너무 어려워 보이는 이탈리아 사람들의 커피
주문 방법을 보고 나름 그래도 가장 많이 주문하는 유형의
커피와 기준이 되는 몇몇 커피 종류를 연구해 매뉴얼화한
게, 오늘날 우리가 어느 커피점에 가더라도 정해져 있는
메뉴에서 커피를 주문하는 방법이 되어버린 것이다.
우리도 한때는 "김 대리님은 커피 1스푼, 설탕 2스푼, 프림
2스푼이니까 '하나 둘 둘', 박 과장님은 '프림 빼고 둘 둘'"
하며 각자 취향대로 커피를 암호처럼 주문하던 시절이
있었다. 나는 '설탕 빼고 둘 둘'이었던 것으로 기억한다.

빠네 에 비노 Pane e Vino

빵과 와인은 상징과도 같아서 이탈리안 테이블에 반드시 올라야 하는 것들이다. 식사한다는 개념으로 우리의 '밥, 국, 김치'에 해당한다고 볼 수 있다. 책이나 결혼식 피로연의 원형 테이블에서 배운 서양식 식사 예절의 빵과 기물 위치를 떠올려 보자. '우물좌빵'이라고 공식(?)처럼 외운 것이 생각날 것이다. 오른쪽에 있는 물잔과 와인 잔 그리고 왼쪽에 있는 빵이 내 것이라는 뜻이다. 이렇게 알고 있는 사람이 이탈리아(특히 남쪽 지방)에 가면 당황하게 된다. 내 왼쪽에 있어야 할 빵은 고사하고 빵 접시도 안 보인다. 빵은 테이블 중앙에 툭 던져져 있는 경우가 허다하다.

밀라노에 있는 풀리아 지방 식당 오스테리아 풀리에제Osteria Pugliese의 테이블 위에
미리 세팅된 커다란 빵. 식사 내내 빵은 사진과 같이 테이블 위에 그대로 올려진
상태로 각자 조금 빵을 뜯어가 먹는다. 지저분해 보일 수도 있지만 먹다 보면
여기저기 흩어져 있는 빵가루가 제법 식욕을 돋군다. 레오나르도 다빈치의 작품
'최후의 만찬'의 테이블을 떠올려 보시라.

이탈리아의 파인다이닝 식당이 아닌 보통의
식당들(트라토리아 또는 오스테리아)에선 종종 빵이 먹음직스럽게
크기 때문에 빵 접시나 바구니보단 그냥 테이블 위에
올려놓는 경우가 많다. (크기가 작은 빵들은 테이블 중앙 바구니에
담아 놓는다.) 중앙에 있는 빵을 갖고 와 손으로 찢어 먹을
때는 한입 크기로 잘라먹는다. 남은 빵은 역시 접시가 아닌
테이블 위에 그대로 둔다. (앞접시가 있다면 빵 접시로 사용해도

무방하다.) 내가 찢어서 먹고 남은 빵을 음식 접시 위에 올려놓으면 식사가 끝났다는 표시로 오해하고 접시를 치울 수 있으니 주의하자.

또 하나 주의할 점은 빵을 뒤집어 놓지 않는다. 빵의 불룩 튀어나온 아름다운 표면은 식욕을 돋울 뿐 아니라 테이블을 아름답게 보이게 하기 때문이다. 빵을 뒤집어 놓으면 "손님, 뭐가 마음에 안 드나요?", "무슨 문제라도 있나요?" 등의 질문을 받을 수도 있으니 주의할 것!

식전 빵은 말 그대로 식사에 앞서 미리 세팅되어 있거나 모든 음식이 나오기 전 가장 먼저 나오는 빵이다. 하지만 빵을 식전에 모두 먹어 치우라는 것은 아니다. 빵은 식전부터 메인 음식과 함께 먹기도 하고 와인을 마실 때 입안의 음식물 잔해가 남지 않도록 해 주는 역할도 한다. 그리고 식사가 끝나고 빈 접시에 남은 소스까지 빵으로 말끔히 닦아 먹을 수 있으므로 '식전부터 식후 빵'이라고 해야 맞다. 단, 디저트가 나오기 전엔 빵을 모두 치우고 테이블에 널려 있는 빵 부스러기도 정리하는 것이 보기에 좋다.

소울 푸드를 먹었다 생각되면
스까르뻬따

집밥이 무조건 맛있는 건 아니다. 하지만 이탈리아
사람이나 우리나 어느 집이건 모두 집밥이 최고라고
한다. 이유는 편안함과 익숙함이다. 소화도 잘되고 격식에
맞추거나 누구 눈치 볼 필요 없이 원하는 대로 먹기 때문에
좋은 거다.

스까르뻬따Scarpetta란 말은 다 먹은 음식 접시를 빵
조각으로 남은 소스나 잔해들까지 싹싹 닦아 먹는 행위를
뜻한다. 매우 친근함이 느껴지는 단어이고 친구 집에
초대받아서 이 행동을 했을 땐 오히려 요리한 사람에 대한
예의가 될 수 있다.

스까르뻬따 하는 모습

식당에선 잘 안 하는 행동이지만 스까르뻬따를 하면
셰프들은 다들 기분 좋아한다.
"셰프 보세요! 너무 맛있어서 그만 SCARPETTA를
다 했어요!"
식사 예절은 장소보단 함께 식사하는 사람에 따라 달라지는
것이니 스까르뻬따를 할지 말지는 함께 하는 사람에 따라
시도해 보기로!

포모도로

좁고 긴 장화 반도라 불리는 이탈리아반도는 기후, 지형, 심지어 사람들의 인종과 성향도 북쪽부터 남쪽까지 차이가 있다. 그래서 이탈리아 음식은 한마디로 어떻다고 하기에 무리가 있다. 특히 와인과 음식은 적어도 북부, 중부, 남부 정도는 나눠서 이야기해야 한다.

우리나라뿐 아니라 일본이나 미국 그리고 유럽의 다른 나라들도 이탈리아 음식을 사랑한다. 그러면서 의외로 이탈리아 북부와 남부를 구분하는 것은 크게 의미를 두지 않는다. 해외의 이탈리아 음식들은 지역구분 없이 발전해 왔다. 게다가 한국에 들어온 이탈리아 음식 문화 대부분이

일본이나 미국을 통해서 들어온 것들이다 보니 이탈리아
음식을 지역별로 구분하며 이해하기에는 다소 무리가 있다.
간단하게라도 지역을 구분한다면 와인과 음식 문화를
이해하고 더 잘 즐길 수 있을 것이다.

이탈리아 북쪽에서 남쪽으로 여행하다 보면 음식이 점점
빨개진다. 마치 예전에는 서울에서 남쪽(특히 전라남도)으로
가다 보면 음식이 점점 짜지고 빨개지는 것처럼 말이다.
예전 서울 음식은 고춧가루나 고추장 대신 간장과 된장을
많이 사용했기 때문일지도 모르겠다. 내가 어렸을 적
빨간색 떡볶이를 고추장 떡볶이라고 따로 불렀는데
이제는 내가 알고 있던 떡볶이를 간장 떡볶이 또는 궁중
떡볶이라고 구분하고 고추장 떡볶이가 떡볶이의 기준이
되어버렸다. 육개장은 시장에서 개고기 대신 소고기를
넣었다 해서 육개장이고, 남쪽 지방에서만 빨간색이
나는 고추기름으로 빨갛게 먹었었는데, 선택의 여지 없이
육개장은 죄다 빨간색이 되어버린 지도 오래다.

이탈리아 음식 하면 토마토를 빼고는 말할 수 없다.
토마토는 1540년 아메리카 대륙에서 유럽으로 처음
들어왔다. 그러니 이탈리아 음식들이 처음부터

빨간(토마토)색은 아니었다. 이후 주로 나폴리를 중심으로 토마토를 재배하기 시작해서 나폴리가 있는 캄파니아 지방과 주변 지역의 음식들이 많은 영향을 받게 되었다. 이탈리아어로 토마토를 포모도로Pomo d'oro라고 하는 건 Pomo(사과 열매)+di(of)+oro(황금)란 말로 황금사과란 뜻이다. 붉게 물들기 전 토마토의 색이 노랗고, 황금같이 귀한 열매이기도 해서 그렇게 불렸다.

이탈리아 토마토
소비 분포도

남쪽의 음식들은 오늘날에도 거의 모든 음식에 토마토가 들어갈 정도로 대부분 빨간색을 띠는 편이다.

이와 구분되게 북쪽으로 갈수록 상대적으로 토마토를 적게 쓴다. 마치 한국 음식과 같이 남쪽으로 갈수록 빨개지는 음식이란 재미난 이미지를 그려본다.

Aperitivo & Bar

앞에서 언급한 트라토리아, 오스테리아 등의 식당들은 주로 점심과 저녁에만 운영하며, 저녁에만 오픈하는 식당도 많다. 이탈리아 사람들은 아침, 점심을 우리와 비슷한 시간대에 먹지만 저녁 식사는 보통 밤 9시에 시작한다. 관광 지역의 피자와 파스타를 파는 곳들은 관광객을 위해서 하루 종일 열어놓기도 하지만 이탈리아 로컬 식당들은 밤 9시 전까진 문이 굳게 닫혀 있다. 이런 사실을 모른 채 저녁 6시경 식당을 찾아갔다간 많이 당황할 수 있다.

그렇다면 이탈리아 사람들은 점심 이후 9시간이나

이탈리아 북부에서 시작한 식전주 아페롤 스프리츠Aperol Spritz*는 이제는 마치 그들의 의식처럼 행해지고 있다. 이탈리아 전역은 물론 유럽 전역으로 퍼지고 있는 이탈리안 스타일의 아페리티보 중 가장 인기 있는 아페롤 스프리츠.(한국에도 들어와 있다. 아페리티보 문화가 정착된다면 우리나라에서도 크게 성공할 것 같다.)(좌) 아침부터 저녁 중 손님들로 가장 붐비는 시간대는 바로 아페리티보 타임이다. 이것을 사방 어디에도 있는 Bar에서 그 역할을 해내고 있는 모습이다.(우)

*
아페롤 스프리츠 황금 레시피
얼음을 가득 채운 아페롤 스프리츠잔(또는 화이트 와인 잔)에 우선 프로세코를 반을 채운 후 남은 반의 2/3를 아페롤로 채운다. 마지막으로 탄산수로 잔을 가득 채우고 오렌지 조각으로 장식하면 끝!

공복으로 있느냐 하는 건데 그렇지 않다. 저녁 6시부터 8시 언저리 모든 바에선 아페리티보Aperitivo 타임을 갖는다. 점심때 팔고 남은 음식들을 핑거푸드와 같이 작게 만들거나 감자칩, 올리브 절임, 살라미, 치즈, 피스타치오 등의 견과류를 먹음직스럽게 마치 뷔페처럼 바에 쌓아 둔다. 그러고는 아페리티보, 즉 식욕을 돋우기 위한 식전주를 판다. 가장 많이 찾는 식전주로는 네그로니, 캄파리, 아페롤 등이 있고 와인은 주로 화이트 와인과 스파클링 와인인 프로세코가 있다. 프로세코에는 각종 과일청이나 과일주를 타 마시기도 한다.

차려진 음식은 뷔페처럼 마음껏 가져다 먹을 수 있지만 모두 공복을 달래 줄 뿐 그 누구도 공짜(?) 음식으로 배를 채우려 하지 않는다. 모처럼의 공복은 아페리티보로 달랠 뿐 맛있는 식사와 오늘의 와인이 기다리고 있기 때문이다.

2002년 월드컵이 이제 막 끝났을 때 나름 국내 최초로 보나세라 레스토랑에서 아페리티보를 운영해 봤다. 역시 무리였다. 모든 손님이 식전주와 함께 제공되는 음식들을 무한 리필해 가며 먹고는 막상 저녁 식사는 하지 않고 돌아가는 것이었다. 이후 여러 방안을 시도해 봤으나 결과는 매번 같았다.

이후 국내 5성급 호텔 등에서도 아페리티보를 운영하면서
1인 1접시 제한, 금액에 따른 식전주 무상 제공 등
이해하기도 어려운 방침을 마구 세워가면서까지
시도했지만, 결과는 마찬가지로 매번 좋지 않았던 것으로
안다.

아페리티보란 '위를 열다'란 뜻으로 이탈리아에선 오래되고
중요한 의식 같은 식음 문화다. 바로 이런 아페리티보는
바에서 주로 이뤄지는데 아침에 카푸치노*와 코르네토,
점심에 샐러드와 파니노, 그리고 시도 때도 없이 나가는
에스프레소, 이렇게 바쁘게 달려온 바는 저녁 무렵
아페르티보 종료와 함께 문을 닫는다. 그러고는 주변의
식당들이 하나둘씩 문을 연다.
그러고 보면 이탈리아 전역에서 바**의 역할은 엄청나다고

*
시도 때도 없이 마셔대는 에스프레소와는 달리 이탈리아 사람들은 카푸치노를
아침에만 브리오슈 등과 함께 마신다. 식사 후 카푸치노를 마시는 것을 금지하는
것은 아니지만 기괴한 습관으로 여겨서 한국에 온 이탈리아 사람들이 가장 놀라는
것이 오후에 다들 카페에 앉아 카푸치노를 마시는 모습이라고 한다.

**
이탈리아에서 BAR라는 뜻은 영어권 국가를 중심으로 전 세계에서 쓰는
'선술집'이란 뜻과는 다소 차이가 있다. 바리스타의 작업 공간과 고객의 공간을
구분하는 카운터 즉, 'Banco A Ristoro'의 약어인 BAR이다.

볼 수 있다. 아침 식사와 점심 식사를 책임지고 하루 종일
들락거리는 수많은 손님에게 에스프레소를 제공하고 밤
9시 저녁 식사를 하기 전 모두 바에 모여 주로 "오늘 저녁은
어디서 무엇을 먹고 마실까?"의 주제로 대화하는 곳이기
때문이다.

커피에서부터 식전주와 각종 음료 그리고 각종 먹거리와
와인에 이르기까지 모두 바 안에서 바리스타가 하는
일이다. 바리스타는 커피 전문가에만 국한되어 있는 것이
아니라 바 안에서 바 밖의 손님의 모든 요구를 듣고 이 모든
걸 해내는 바 전문가를 뜻한다.

Buon vino non mente mai

좋은 와인은 결코 거짓말을 하지 않는다

Finitura

마치며

내가 어렸을 적 애주가셨던 아버지는 주로 위스키를 즐겨
드셨다. 단골집이었던 방배동의 '해무'라는 곳에서 아버지가
직접 알려준 위스키 안주가 그 집의 대표 메뉴가 되었다는
이야기는 유명하다. 집에서도 그런 메뉴를 선보여 주시기도
했었다. 누나와 난 엄마가 마술사가 아닌지 의심할 정도로
먹고 싶은 음식, 상상 속의 음식들을 재료 준비도 없이 척척
만들어 내시는 모습을 보고 항상 신기해했었다.
두 분 모두 평생 배우란 직업을 갖고 계시면서 요리엔
진심이었던 모습을 보고 자란 덕에 누난 배우를, 난 음식을
공평하게(?) 나눠 물려받은 것이 아닌가 생각해 본다.

언젠가부터는 내가 부모님께 음식을 해드리게 됐다. 그럴
때면 늘 이탈리아 와인과 음식, 레스토랑을 하면서 겪었던
사람과 일, 음식, 와인 이야기가 곁들여진다. 하루는 엄마가
책을 써보지 않겠냐고 하셨다. 안 그래도 당시 책을 쓰고

있었던 참이다. 그런데 출판을 어떻게 하는 건지 몰라서
그냥 쓰고만 있었다. "'책을 쓴다고 꼭 책이 출판되라는
법은 없지!' 하면서 계속 쓰고만 있어요." 하고 말씀드리자,
엄마가 "너답다!" 하면서 많이 웃으신 기억이 있다.

혼자 되신 아버지를 찾아뵐 때면 꼭 이탈리아 음식을
해드린다. 와인은 못 드시지만, 재료 본연의 맛을 살린
이탈리아 음식들을 설명과 함께 정성껏 해드린다.
어렸을 적 아버지가 우리에게 해 주셨던 술안주(?)와 같이
이제는 내가 해드린다.

언젠가 책이 나오면 엄마에게 가장 먼저 보여드린다고
했는데 그러지 못하게 됐다는 게 책을 준비하는 내내
가장 안타까웠다. 오랫동안 쓴 책이다. 그때그때 하고 싶은
이야기들을 기록해 둔 이야기이기도 하다. 유튜브와 SNS

등으로 이탈리아 와인과 음식 정보가 차고 넘치지만,
'맞다, 틀리다' 식으로 가르치지 않는 책을 쓰고 싶었다.
즐기는 한 사람으로서 내가 와인을, 이탈리아 음식을
그동안 어떻게 대해 왔고, 어떻게 우리 일상 속으로
자연스럽게 받아들일까 고민했던 생각을 공유하고 싶어
책에 옮겨 적었다.
아무 와인이나 한잔하면서 이 책을 읽어 주길 바라는
마음이다.